ROMEON
VERLAG

Morlock - Mordgeschichte um einen Mordsfußballer

1. Auflage, erschienen 6-2021

Umschlaggestaltung: Romeon Verlag
Text: Rolf Gröschner und Wolfgang Mölkner
Layout: Romeon Verlag
ISBN: 978-3-96229-258-4

www.romeon-verlag.de

Copyright © Romeon Verlag, Jüchen

Alle im Buch enthaltenen Angaben, Ergebnisse usw. wurden vom Autor nach bestem Gewissen erstellt. Sie erfolgen ohne jegliche Verpflichtung oder Garantie des Verlages. Er übernimmt deshalb keinerlei Verantwortung und Haftung für etwa vorhandene Unrichtigkeiten.

Bibliografische Information der Deutschen Nationalbibliothek:
Die Deutsche Nationalbibliothek verzeichnet diese Publikation in der Deutschen Nationalbibliografie; detaillierte bibliografische Daten sind im Internet über *http://dnb.dnb.de* abrufbar.

Morlock

Mordgeschichte um einen Mordsfußballer

von Rolf Gröschner und Wolfgang Mölkner

Inhaltsverzeichnis

Die Autoren 7

1. Der 4. Juli 1954 9

2. Blutspur vor Morlocks Lottoladen 14

3. Erpressung zweier Zeugen 18

4. Treffpunkt „Grüner Baum" in Fürth 27

5. Max Morlock – ein „Mordsfußballer" 37

6. Mike und Robert in New York 44

7. Frankenderby 49

8. Anni, Mike und Robert 54

9. Anni und die Quelle 63

10. Familie Frank 69

11. Fremdenführung in Nürnbergs Altstadt 74

12. Geheime Dienste 85

13. Vergebliches Warten 95

14. Linie 21 103

15. Stollenschuhe 108

16. Pressearbeit 112

17. Mord ohne Leiche? 119

18. Fund auf der Fürther Hardhöhe 126

19. Morlocks Anstoß 131

20. Das Urteil des Schwurgerichts 139

Die Autoren

Rolf Gröschner, promovierter und habilitierter Jurist, war von 1993 bis zur Emeritierung 2013 Professor für Öffentliches Recht und Rechtsphilosophie an der Universität Jena.

Wolfgang Mölkner, promovierter Philosoph, war von 1977 bis zur Pensionierung 2013 Gymnasiallehrer für Deutsch, Religion und Philosophie.

1. Der 4. Juli 1954

„Aus! – Aus! – Aus! – Aus! Das Spiel ist aus! Deutschland ist Weltmeister!"

Es war Max Morlock, der die deutsche Mannschaft durch sein Tor zum 1:2 auf den Weg zur Weltmeisterschaft gebracht hatte – mit der Stiefelspitze, im Spagat und „mit allerletzter Kraft", wie Herbert Zimmermann das „Anschlusstor" in der Rundfunk- und Fernsehübertragung aus Bern kommentierte.

Das vierfache „Aus" nach dem Schlusspfiff übertraf in seiner legendär gewordenen Leidenschaft sogar den vierfachen Torschrei nach dem 3:2 durch Helmut Rahn („Tooor! – Tooor! – Tooor! – Tooor!"). Freudentänze in ganz Fußballdeutschland waren die Folge und knallende Sektkorken keine Seltenheit.

Auch in der Pillenreuther Straße in Nürnberg wurde an diesem denkwürdigen Sonntag des 4. Juli 1954 gefeiert und eine Flasche „Rüttgers Club" aus dem Kühlschrank geholt. Georg Meier und seine Frau Elisabeth nannten es einen „feinen Durst", um sich zu besonderen Gelegenheiten ein Glas Sekt gönnen zu dürfen. „A Mordsfußballer isser scho, der Max. Lou mer also den Korgn gnalln!"

„Georg, du weißt, wie unschön ich diesen Nürnberger Dialekt finde. Du fällst immer dann in ihn zurück, wenn dich etwas aufregt oder begeistert. Das schreckliche „lou" statt „lassen" habe ich zum Glück schon lang nicht mehr gehört." Elisabeth stammte aus Hannover und behauptete, dort werde das reinste Hochdeutsch gesprochen. Georg war geborener und bekennender Nürnberger und als solcher „fei wergli" stolz darauf, mit Max Morlock befreundet zu sein.

Was sein Nürnbergerisch betraf, hatte er seiner Frau versprochen, sich um Besserung zu bemühen – was ihm im Alltag durchaus gelang.

„Dann lou ich jetzt das Nürnbergern, lasse nicht den ‚Korgn‘, sondern den ‚Korken‘ knallen und stoße nicht mit der fränkischen ‚Betti‘ an, sondern mit der hochdeutschen ‚Elisabeth‘ – auf unseren Nürnberger Meisterspieler, ohne den wir das Endspiel nicht gewonnen hätten." Während sie nur nippte, leerte er das Glas mit vier kräftigen Schlucken. Dann rief er „Alles Walzer", nahm sie in Tanzhaltung in den Arm und legte in seinem Lieblingstakt einen für ihn weltmeisterlichen Tanz durch das Wohnzimmer hin.

„Rechts herum bist du wirklich ein guter Walzertänzer. Wir sollten für die nächste Stunde die Linksdrehung üben." Sie hatten einen Tanzkurs für Ehepaare gebucht, weil Georg – wie Elisabeth als talentierte Tänzerin festgestellt hatte – zwar über ein gutes Rhythmusgefühl verfügte, an seiner Tanzhaltung jedoch arbeiten musste. Er schenkte sich ein zweites Glas aus dem Hause Henkell ein. „Bitte keinen Sturztrunk", mahnte sie, nahm selbst aber immerhin einen ganzen Schluck.

Sie spürte die Zuneigung, die im Blick ihres Mannes lag und erwiderte sie mit einem Lächeln, auf dessen Wirkung sie sich verlassen konnte. Die Gelegenheit war günstig, ein Anliegen vorzubringen, das ihrer Sensibilität für Sprache entsprang: „Weil du in Feststimmung bist, erlaube ich mir eine Bitte: Sag deinem Freund Max, er solle dich doch bitte nicht mehr „Gerch" nennen. Das klingt für mich zu provinziell. Und ein Weltmeister sollte als Weltmann nicht die Namen der Provinz verwenden."

Obwohl er sich darüber ärgerte, widerstand Georg der Versuchung, mit der „Provinz Hannover" zu kontern. Stattdessen ging er auf die vorgeschlagene Tanzstundenübung ein: „Also alles Walzer links herum. Vorher darf ich aber erst einmal um die Ecke." Sie nickte und war erleichtert, nicht wie am Anfang ihrer Beziehung vor zwei Jahren hören zu müssen „Iou mi amol um die Eggn".

Auf der Toilette hörte er sie aufgeregt nach ihm rufen. Aus dem anschließenden Wortgewirr verstand er aber nur „Schluss". Er nahm deshalb an, sich mit dem Händewaschen beeilen zu sollen. Zurück im Wohnzimmer, sah er sie am Fenster hantieren. Es war wegen der sommerlichen Temperatur gekippt, ließ sich deshalb nicht umstandslos öffnen, sondern musste erst geschlossen werden. „Ist dir zu warm?"

„Nein, ich habe einen Schuss gehört und will sehen, was draußen los ist." „Ich habe ‚Schluss' verstanden. Und ein Schuss entspringt deiner blühenden Phantasie, weil du in letzter Zeit zu viele Krimis gelesen hast." Lass uns die verabredete Linksdrehung üben. „Eins–zwei–drei, eins–zwei–drei …"

Weil sie keine Spielverderberin sein und ihrem Georg die Stimmung nicht verderben wollte, tanzte sie eine Weile mit, bis sie mit Bestimmtheit sagte: „Das reicht jetzt. Ich will wissen, was da draußen los war."

Sie rannte zum Fenster, riss es hastig auf und streckte ihren Wuschelkopf weit nach draußen.

„Und? Gibt's etwas zu sehen, das deine Phantasie bestätigt?" „Nichts, nur ein Fahrrad liegt vor dem Laden von Max. Sonst ist die Straße wie leergefegt."

„Natürlich. Alle hocken vor dem Radio, die Bonzen vor dem Fernseher. Du wirst die Fehlzündung eines Motorrads gehört haben."

„Da ist kein Motorrad! Aber schau, dort im Celtis-Tunnel – sie deutete Richtung Bahnhof – verschwindet gerade ein amerikanischer Straßenkreuzer mit seinen langen Heckflossen."

Georg war nicht schnell genug, um die Beobachtung bestätigen zu können. In der Tunnelröhre unter den Gleisen des Hauptbahnhofs war kein Fahrzeug zu sehen. Für den Bruchteil einer Sekunde dachte er daran, auch Elisabeths Straßenkreuzer für ein Produkt ihrer Phantasie zu halten.

Weil sie dieses Zweifeln spürte, bekam Georg zu hören: „Du glaubst immer nur, was du selbst gehört und gesehen hast. In einer guten Ehe sollte man sich aber auch darauf verlassen, dass der Partner seine Sinne beisammenhat. Ich habe einen Schuss gehört und einen Amischlitten gesehen. Basta!"

Georg musste sich eingestehen, seiner Frau – mit der er erst ein Jahr verheiratet war – tatsächlich nicht geglaubt zu haben, jedenfalls was den Schuss betraf. Spontan wurde ihm der Grund dafür klar: ihre ausgeprägte Neugier, die sie von der Leidenschaft für Kriminalromane auf das Alltagsleben als Hausfrau übertrug.

„Ich geh jetzt rüber zu den Reibers. Vielleicht hat Gundi auch was gehört!"

Draußen waren die ersten Freudengesänge zu hören: „Mor-lock, Mor-lock, –Deutsch-land, Deutsch-land!"

„Mach dich bitte nicht lächerlich! Wer soll denn da geschossen haben!?" Aber Elisabeth ließ sich nicht abhalten. Durch die offene Tür bekam Georg mit, wie sie bei den Nachbarn klingelte. Gundi öffnete mit Elan, ein halbvolles Sektglas in der Hand. Bevor sie etwas sagen konnte, platzte Elisabeth heraus: „Hast du auch einen Schuss gehört?"

„Einen Schuss? Möglich wäre es schon. Laut geknallt hat es jedenfalls." Mit dieser Feststellung war Elisabeth zufrieden. Sie ließ die verdutzte Gundi stehen und verschwand wieder in ihrer Wohnung.

„Georg, die Reibers haben auch einen Knall gehört. Da stimmt etwas nicht! Gehen wir doch mal runter!"

„Wozu? Wir sind in Nürnberg und nicht in Chicago. Gott sei Dank! Bei uns wird nicht jeden Tag ein Mensch auf offener Straße erschossen."

Weil er die Neugier seiner Frau für chronisch hielt, war ihm klar, dass sein Chicago-Vergleich ohne Wirkung bleiben würde. Seine Jubellaune war jedenfalls völlig verflogen.

„Jetzt komm schon!" Sie packte ihn resolut am Ärmel und zog ihn hinter sich her.

2. Blutspur vor Morlocks Lottoladen

Direkt gegenüber der Wohnung des Ehepaars Meier lag Max Morlocks Lotto- und Toto-Laden. Am Sonntag war der Laden selbstverständlich geschlossen. Um sicherzugehen, dass sich niemand darin aufhielt – der den Straßenkreuzer gesehen und den Schuss gehört haben könnte – klopfte Elisabeth an die gläserne Eingangstür. Erwartungsgemäß blieb eine Reaktion aus. Sie hob das Fahrrad auf und lehnte es ans Haus.

„Da ist doch etwas nicht in Ordnung! Und du stehst nur herum und suchst nicht nach verdächtigen Spuren! Die Schüsse könnten dem Radfahrer gegolten haben …"

„… der sich vor Schreck in Luft aufgelöst hat?" Inzwischen suchte sie den Gehsteig vor dem Laden nach irgendeinem brauchbaren Hinweis ab. Ein paar tropfenförmige Kleckse, die in der untergehenden Sonne rötlich schimmerten, schienen ihr zunächst uninteressant. Bei genauerem Hinsehen traute sie jedoch ihren Augen nicht: „Georg, schau dir das mal an!"

„Allmächd: Des siecht nach Blut aus!" „Tatsächlich, eine Blutspur! Und offensichtlich noch ganz frisch!" „Nicht berühren! Ich rufe die Polizei und du hältst hier Wache!", befahl sie in energischem Ton und verschwand in Windeseile im Hauseingang. Er ärgerte sich, dass sie immer das Kommando übernahm und er sich wie ein Trottel vorkommen musste. „Doldi", sagte er zu sich selbst. Dabei sah er sich hilflos um, ob ihn jemand in dieser Lage sah.

Seine Pillenreuther Straße, in der er seit seiner Hochzeit vor etwa einem Jahr wohnte, war ihm noch nie so unattraktiv vorgekommen wie in diesem Moment. Jetzt verstand er, warum Elisabeth partout nicht hier einziehen wollte. Nur weil sie keine andere Wohnung fanden, war sie mit dieser „Notlösung" einverstanden. Beim Wiederaufbau der stark zerstörten Süd-stadt – MAN und der Rangierbahnhof waren bevorzugte An-griffsziele der amerikanischen und britischen Bomber gewesen – ging es schlicht und einfach um die Beschaffung bezahlbaren Wohnraums für die Bevölkerung im „Arbeiterbezirk" süd-lich des Hauptbahnhofs und nicht um einen städtebaulichen Schönheitswettbewerb.

Als Straßenbahnschaffner hatte Georg bisher kein Problem damit gehabt, hier zu wohnen. Die Leute sprachen wie er – „Nürnbergerisch halt" – und nannten ihn „Gerch". Aber seiner Elisabeth zuliebe würde er wohl nicht nur den Max bitten, auf „Georg" umzustellen, sondern alle, mit denen er sich duzte. Überhaupt war er sehr bemüht, den Herkunfts- und Bildungs-unterschied zwischen seiner Frau und ihm – er stammte aus einer Arbeiterfamilie und hatte kein Abitur – so wenig wie möglich spüren zu lassen.

Aus der Seitenstraße war das Deutschlandlied zu hören. Vier Männer mit Bierflaschen in der Hand bogen grölend um die Ecke und wollten mit ihm „auf den Weltmeister" anstoßen. Georg drehte ihnen spontan den Rücken zu und stellte sich mit gespreizten Beinen über die Blutspur. Einen Schubser musste er ertragen.

„So ein komischer Fußballmuffel! Wir sind wieder wer!" Nach Hochrufen auf Morlock stimmten sie erneut ihre Hymne an.

Hier noch länger 'rumzustehen, wurde ihm zunehmend peinlich. Ärger über die scheinbare Hysterie seiner Frau stieg in ihm auf. Leicht neidisch schaute er hinter den Feiernden her. Sein Blick fiel auf das Fahrrad. „So können wir es nicht stehen lassen." Er griff Lenker und Sattel und schob es um die Ecke in die Wendlerstraße. Der seitliche Hauseingang gehörte noch zu Morlocks Geschäft. Inzwischen war Elisabeth zurück. „Du hast gar nicht bemerkt, dass die Polizei schon in Sicht ist!"

Georg fühlte sich von der angezettelten Sache überrumpelt. Mit einem so raschen Erscheinen der Polizei hatte er nicht gerechnet.

Aus dem grünen Volkswagen-Käfer mit der weißen Aufschrift „POLIZEI" auf der Vorderhaube und dem übergroßen Blaulicht auf dem Dach stiegen zwei Männer in der blauen Uniform der Nürnberger Polizei.

Elisabeth Meier nahm das Heft des Handelns in die Hand: „Ich habe Sie gerufen, weil ich einen Schuss gehört und eine Blutspur gefunden habe." Die Beamten warteten darauf, dass Georg Stellung bezog. Der aber blickte verlegen auf den Boden.

„Wo soll denn das Blut sein?" Elisabeth deutete auf die roten Tropfen. Da es inzwischen zu dämmern begonnen hatte, holte der größere Polizist eine Taschenlampe aus dem Wagen, um die Spur zu beleuchten.

„Das sieht nicht nach dem Blut eines Menschen aus. Es dürfte Katzenblut sein –und für den Tierschutz sind wir nicht zuständig." Der andere, kleinere Polizist nickte nur. Doch dann sah er die Gelegenheit gekommen, den Fall loszuwerden, ohne ein lästiges Protokoll schreiben zu müssen: „Selbst wenn auf die Katze geschossen wurde, sind wir als Stadtpolizei dafür nicht zuständig, sondern unsere bayerischen Kollegen."

„Das kann doch nicht wahr sein! Georg, das lassen wir uns nicht gefallen!" „Was wollen wir denn unternehmen, wenn es sich so verhält, wie die Herren sagen?" „Das Fahrrad wird nicht von einer Katze gefahren worden sein", zischte sie ihrem Mann – ihm zugewandt – zu.

Der kleinere Polizist fühlte sich durch diese Bemerkung auf den Arm genommen: „Sie sollten sich genau überlegen, was Sie sagen. Wenn Sie uns unterstellen, Rad fahrende Katzen für möglich zu halten, erfüllt das den Tatbestand der Beamtenbeleidigung." „Lass es gut sein, Elisabeth", versuchte Georg seine vorwitzige Frau zu beruhigen.

Der kleine Schutzmann trat zwei Schritte vor. „Hören Sie auf Ihren Mann und sehen Sie von einer Anzeige ab. Dann vergessen wir auch die Beleidigung."

Das Anrücken der Polizei hatte Aufsehen erregt. Aus einigen Fenstern schauten die Nachbarn neugierig herunter. „Gerch, was ist denn los?" rief es aus dem zweiten Stockwerk. Georg zog den Kopf ein, er fühlte sich ab jetzt verantwortlich für die zu befürchtenden Gerüchte. Und ausgerechnet in einer solchen Situation sollte er den „Gerch" verabschieden?

Er war schon im Hausflur und wollte – wie es seine Art war – die Tür nicht lautstark ins Schloss fallen lassen, sondern leise schließen, als eine lindgrüne Limousine auf der gegenüberliegenden Straßenseite langsam an Morlocks Laden in Richtung Hauptbahnhof vorbeifuhr. „Das sieht nach Elisabeths Straßenkreuzer aus. Ich muss mir das Kennzeichen merken!" In dieser Absicht zog er die Tür so weit zurück, dass er freien Blick auf die Rückansicht des Wagens hatte, der schon fast wieder die Höhle des Celtis-Tunnels erreicht hatte. „Das sind die typischen Schwanzflossen eines Cadillac!" Ein Kennzeichen war in der beginnenden Dunkelheit des Abends aber nicht mehr zu lesen.

3. Erpressung zweier Zeugen

Johann (Hans) Weiß, ehemaliger Leiter der Jugendabteilung beim „Club" – wie der „Erste Fußballclub Nürnberg" (1. FCN) unter Fußballanhängern auch außerhalb Frankens genannt wird – hatte im Frühjahr 1949 zusammen mit Max Morlock die „Totoannahme Weiß-Morlock" am Celtisplatz 2 eröffnet. Zum „Sporthaus" erweitert, war das allgemein als „Lottoladen" bezeichnete Geschäft Anfang der fünfziger Jahre in die Pillenreuther Straße 23 umgezogen. 1950 hatte Morlock Inge Weiß, die Tochter seines Kompagnons, geheiratet.

Am Morgen des 5. Juli 1954 war Hans Weiß noch früher als sonst auf den Beinen, um den Laden zu öffnen. Er erwartete einen Ansturm von Gratulanten und erhoffte sich gute Umsätze. Als er in das Hinterzimmer ging, um einen Besen zu holen, bemerkte er zu seiner Überraschung, dass einige Zeitungen, Magazine und Kalender anders neben- und übereinander lagen als am Samstag. Er konnte sich das Durcheinander nicht erklären. Unruhig schaute er hinter die Regalwand, die quer im Raum stand.

„Das darf doch nicht wahr sein!", brummte er. Die Tür zum Seiteneingang des Ladens in der Wendlerstraße war einen Spalt breit geöffnet. „Ich bin mir ganz sicher, abgeschlossen zu haben", sagte er sich mit fester innerer Stimme. Penibel untersuchte er Schloss und Tür. Die paar Kratzer in Kniehöhe kannte er schon. „Komisch, alles ist unbeschädigt." Er beeilte sich, in der Kasse nachzusehen und bemerkte dabei, dass seine Hände leicht zitterten. Wechselgeld und einige Scheine lagen wie unberührt an Ort und Stelle. Offensichtlich fehlte nichts – und trotzdem musste sich jemand Zutritt in seinen Laden verschafft haben. „Ausgerechnet am Weltmeistersonntag!"

Bevor er weitere Überlegungen anstellen konnte, kam der erste Stammkunde, Siegfried Ernst, um Morlocks Schwiegervater zu gratulieren: „Mensch, Hans, dei Max hat des Wunder von Bern gezaubert!" Bei diesen Worten platzte Richard Bubner herein. „So ein Wahnsinn! Max, lou dei Stiefelspitz vergolden!" Siegfried war als Spaßvogel bekannt. Er ulkte: „Wou hat er den Spagatschritt glernt, doch wohl ned im Ballett?" Ausgelassenes Gelächter erfüllte den Raum. Sie wurden unterbrochen, als ein weiterer Kunde sich vordrängte: „Zwei Schachteln Eckstein!" forderte er lautstark. „Wer holt die Zigaretten?" „Immer der wo frächt!"

Durch das große Ladenfenster erblickte Hans Weiß seinen alten Kumpel Georg Meier, der mit langen Schritten näher eilte. Er drängte sich durch die Gratulantenschar, in der gerade der Spruch zirkulierte „Kein Rahn ohne Morlock!", hakte Hans unter und zog ihn ins Hinterzimmer. Bevor er die Geschichte von gestern erzählen konnte, musste er sich die Sache mit der offenen Seitentür anhören. „Das Hinterzimmer ist durchstöbert worden. Die Kasse ist aber unberührt!"

„Auch des no!" Obwohl Georg einigermaßen aufgeregt war, bemühte er sich, die Geschichte von gestern so zu erzählen, dass Elisabeth keinen Grund gehabt hätte, seinen Dialekt zu kritisieren. „Übung macht den Meister" dachte er sich und berichtete fast dialektfrei über den „Schuss, den meine Frau gehört hat", die Blutspur vor dem Laden, „die wir beide gesehen haben" und das liegen gebliebene Damenfahrrad. Den Cadillac verschwieg er.

„Wirklich? Eine Blutspur? Das hört sich ja an wie der Beginn eines Krimis." „Hör zu! Ich erzähle keinen Quatsch! Schließlich haben wir die Polizei geholt. In einem Krimi hätten die das Blut untersucht. Aber die beiden Doldi, die gestern hier waren, lehnten eine Untersuchung ab." Den „Doldi" hätte er sich in Gegenwart seiner Frau natürlich nicht gegönnt. „Dann war's wahrscheinlich doch kein Blut!" „Das steht zweifelsfrei fest, aber die sagten, es ist Katzenblut."

„Waren sie von der Kriminalpolizei?" „Sie sprachen von Stadtpolizei und davon, nicht zuständig zu sein." „Siehst du – du hättest gleich die Kripo anrufen sollen. Probier es doch bei denen und vergiss auch nicht, die offene Seitentür zu erwähnen!" „Solltest nicht besser du das übernehmen, es ist doch euere Ladentür." Hans überlegte, dann sagte er: „Da offensichtlich nichts fehlt, will ich mich erst mit Max besprechen." „Gut, ich wende mich also wegen der Blutspur an die Kripo."

Elisabeth lauschte auf das Knarren der Treppe. Sie kannte den schweren Schritt ihres Mannes. Noch bevor er aufsperren konnte, öffnete sie die Tür. „Und? Was sagt Hans zu unserer Entdeckung?", fragte sie gespannt. Sie konnte kaum abwarten, bis Georg wieder zu Atem kam. „Ich muss mich erst setzen. Hans meint, für die Untersuchung der Blutspur ist die Kriminalpolizei zuständig. Und die Kripo wird sich ja wohl auch mehr für den Schuss interessieren, den du gehört hast." „Georg, jetzt merke ich, dass du mir doch glaubst. Das freut mich sehr!"

„Wo finde ich denn die Telefonnummer der Kriminalpolizei?" „Im Telefonbuch unter K." „Fehlanzeige!" „Haben die beiden Polizisten gestern nicht von der Bayerischen Polizei gesprochen?" „Unter B finde ich nur das Bayerische Landeskriminalamt. Aber es ist auch eine Nürnberger Nummer angegeben."

Georg wählte bewusst langsam, um ein wenig Zeit für die Überlegung zu gewinnen, was er sagen sollte: „Erwähne ich nur die Blutspur oder auch den Schuss und wer hat ihn gehört – nur Elisabeth und die Reibers oder auch ich?"

Das „Belegt"-Zeichen verlängerte seine Bedenkzeit. Als sich beim dritten Versuch eine unwirsch klingende Männerstimme meldete, hatte er die Lösung, die er auch sofort loswerden wollte: „Meine Frau hat mir glaubhaft versichert, gestern einen Schuss gehört zu haben …" „Einen Moment, ich verbinde mit der Abteilung Ermittlungen."

Der Ansprechpartner aus dieser Abteilung war freundlich, geduldig und außergewöhnlich hilfsbereit. Nachdem Georg seinen Satz mit dem Schuss wiederholt hatte, wurde er zunächst belehrt: „Eine Strafanzeige gegen Unbekannt nimmt jede Polizeidienststelle entgegen. Sie können sie aber auch bei der Staatsanwaltschaft aufgeben." „Und bei Ihnen?" „Wir sind dafür eigentlich nicht zuständig. Ich kann Ihre Aussage aber protokollieren und an die Staatsanwaltschaft weiterleiten. Sie müssen das Protokoll dann dort nur noch unterschreiben."

Der hilfsbereite Bayerische Beamte fragte zunächst nach den Personalien: „Georg Meier, geboren am 14. November 1925 in Nürnberg, wohnhaft in der Pillenreuther Straße 18 in Nürnberg; verheiratet mit Elisabeth Meier, geborene Blonske, Geburtstag am selben Tag wie ich, nur vier Jahre später, also am 14. November 1929 in Zirndorf." „Was sind Sie von Beruf?" „Schaffner bei der Nürnberg-Fürther Straßenbahn."

Der Beamte räusperte sich: „Ich frage jetzt außerhalb des Protokolls: Auf welcher Linie könnte ich schon einmal einen Fahrschein bei Ihnen erworben haben?" „Auf der Linie 21." In einer spontanen Reaktion auf die Hilfsbereitschaft seines Gesprächspartners fügte er hinzu: „Falls Sie mitfahren wollen: Montags beginnt mein Dienst immer um kurz nach zehn am Hauptbahnhof." „Um diese Zeit habe ich schon zwei Dienststunden hinter mir. Überlassen wir eine Begegnung in der Linie 21 also dem Zufall."

Nach diesem Intermezzo erzählte Georg die Geschichte mit dem Schuss, der Blutspur, dem Damenfahrrad und – dieses Mal verschwieg er ihn nicht – mit dem Cadillac. „Das Protokoll wird übermorgen zur Unterschrift in der Fürther Straße 112 bereitliegen. Danach wird die Staatsanwaltschaft die erforderlichen polizeilichen Ermittlungen veranlassen."

Georg war doppelt erleichtert. Erstens war es ihm gelungen, den Fall aktenkundig zu machen und die Ermittlungen in Gang zu setzen. Und zweitens konnte er Elisabeth beweisen, dass er ihre Wahrnehmung nicht für ein Hirngespinst hielt. Sie hatte dem Gespräch höchst aufmerksam zugehört und grinste nun über beide Backen. Sie nickten einander wortlos zu.

Weil Hans den Tipp mit der Kripo gegeben hatte, hätte Georg ihm gern noch von seiner erfolgreichen Strafanzeige berichtet. Es war jedoch schon bald zehn Uhr und sein Dienstbeginn rückte näher. Er nahm einen Schluck aus der Kaffeetasse, griff Schaffnerjacke, Geldtasche, Münzwechsler und gab Elisabeth einen Kuss auf die Wange. „Bis später!" Auf dem kurzen Weg zum Hauptbahnhof geriet er ins Grübeln: Was würde aus ihm als Schaffner werden, wenn die Nürnberg-Fürther Straßenbahn tatsächlich wie geplant auf schaffnerlosen Betrieb umstellen sollte?

Abgesehen vom Verlust des Arbeitsplatzes konnte er sich das Entfallen der täglichen Rituale nicht vorstellen: die Geldscheine in seine Schaffnertasche und die Münzen in seinen Geldwechsler mit der gebotenen Sorgfalt einzuordnen und über das Wechselgeld genau Buch zu führen.

Und dann kreisten seine Gedanken längere Zeit um die Frage: Wie will man das Schwarzfahren verhindern, wenn niemand mehr ruft: „Noch jemand ohne Fahrschein?" Er liebte seinen Beruf, daher wollte er sich nicht weiter mit unklarer Zukunft beschäftigen. Plötzlich wurde er im Halbdunkel des Celtis-Tunnels von einem Fahrradfahrer gerammt, sodass er fast das Gleichgewicht verlor. Im Stolpern fing ihn ein entgegenkommender Fußgänger auf, der ihn unangenehm kräftig umfasste. Ohne einen Dank abzuwarten, setzte dieser seinen Weg mit forschen Schritten fort. Irgendwie kam ihm der Zwischenfall komisch vor.

Am Hauptbahnhof stieg er in „seinen Einundzwanziger". Warum „die" Straßenbahn und „ihre" Linien in Nürnberg männlich sind, konnte er nicht begründen, fand es aber irgendwie richtig. Die Linie 21 fuhr um diese Zeit ohne Beiwagen. Georg nahm im Schaffnersitz des Triebwagens Platz. Als er seine Schaffnertasche öffnen wollte, fuhr ihm der Schreck durch alle Glieder: Sie war offen und er befürchtete, unbemerkt bestohlen worden zu sein. Auf den ersten Blick fehlte jedoch nichts. Aber zwischen den blauen Zehnmarkscheinen steckte ein kleiner weißer Zettel. In Anfängerschrift stand darauf: „Kein Cadillac. Sonst teuer bezahlen!" Er konnte sich zunächst keinen Reim darauf machen. Außerdem musste er sich seinen Dienstaufgaben widmen.

Georg Meier versah seinen Schaffnerdienst an diesem Tag nicht mit der gewohnten Konzentration und Sorgfalt. Immer wieder stimmte das sonst so sicher von ihm abgezählte Wechselgeld nicht, weil es ihm einfach nicht gelang, den Zettel zu vergessen. Er nahm ihn als Versuch einer Erpressung sehr ernst: Mit „Kein Cadillac" wurde er wohl aufgefordert, seine Aussage zu widerrufen. Aber was war mit „Sonst teuer bezahlen!" gemeint? Und woher kannte der Erpresser den Hinweis auf den Cadillac in seiner Anzeige?

Dienstschluss war um 18 Uhr, wieder am Hauptbahnhof. Die Linie 21 – um diese Zeit mit Beiwagen – hatte fünf Minuten Verspätung. Während des gesamten Tages hatte Georg überlegt, ob und wie er Elisabeth von der befürchteten Erpressung erzählen sollte. Auf dem Heimweg, der durch den Celtis-Tunnel führte, fiel seine Entscheidung: Er würde ihr den Zettel ohne Kommentar in die Hand geben und ihrer Phantasie als Krimileserin vertrauen. Dabei musste er gegenüber sich selbst zugeben, die betreffende Lektüre seiner Frau bisher zu gering geschätzt zu haben.

Elisabeth empfing ihn mit dem Satz, der nach jedem Arbeitstag Georgs Feierabend einläutete: „Abendbrot ist fertig. Dein

Bier steht bereit." Weil das gewohnte „Danke. Dann lass ich es zischen" ausblieb, fragte sie sofort: „Was ist passiert?" Georg gab ihr wortlos den Zettel. Sie las, kratzte sich kurz an ihrem Wuschelkopf und sagte im Brustton der Überzeugung: „Da will uns jemand erpressen. Und zwar jemand, der deine telefonische Strafanzeige mitgehört oder abgehört haben muss. Nur so kann er wissen, dass du von einem Cadillac berichtet hast, den ich ja unmittelbar nach dem Schuss gesehen habe und der dir dann bei seiner Rückfahrt, fast wie bei einer späteren Kontrollfahrt am Tatort vorbei, aufgefallen ist."

Georg war sprachlos. Der kriminalistische Scharfsinn seiner Frau nötigte ihm jetzt größten Respekt ab. Zwingend erschien ihm vor allem die Annahme des abgehörten Telefonats. Georg wusste es aus dem Bericht eines von ihm geschätzten Nachrichtenmagazins: In der ‚amerikanisch besetzten Zone Bayern' – auf den Autokennzeichen mit einem B unter einem A abgekürzt – gehörte es für die Besatzungsmacht gewissermaßen zum guten Ton, die deutsche Polizei durch Abhörmaßnahmen zu überwachen. „Elisabeth, du hast ganz sicher Recht: Die Amerikaner müssen mein Telefonat mit dem Landeskriminalamt abgehört haben! Aber was haben die Amis mit der Sache zu tun?"

Elisabeth fühlte sich wie die Kommissarin in ihrem Lieblingskrimi: „Wo hast du denn den Zettel her?" „Er steckte zwischen den Zehnmarkscheinen in meiner Geldtasche." „Also hat jemand gewusst, wann und wo dein Dienst heute Vormittag beginnen würde. Und genau dies hast du gestern telefonisch bekanntgegeben. Ich habe mich deshalb darüber gewundert, weil es mit unserer Strafanzeige nichts zu tun hatte."

„Und warum habe ich nicht bemerkt, dass meine Tasche geöffnet und der Zettel hineingesteckt wurde?" „Es gibt genug Trickdiebe, die so fingerfertig sind, dass sie dir unbemerkt eine Uhr vom Handgelenk klauen." Da fiel ihm die eigenartige Begegnung im Celtis-Tunnel ein, die er seiner Frau anschaulich erzählte. „Im Rückblick kommt mir die Sache sehr gewollt vor", resümierte er. „Das war sie auch: Der Kontakt verschaffte jemand die Gelegenheit, den Zettel in deine Geldtasche zu schmuggeln." Georg wurde plötzlich leicht schwindelig. In welche Sache waren sie da verwickelt? Hätte Elisabeth doch besser keinen Schuss gehört. Wie gerne würde er den Film, der in seinem Kopf ablief, zurückspulen. Und wie schön wäre es, wenn er dem Regisseur in Gedanken einfach zurufen könnte: „Lou mer mei Rouh!"

Angesichts der gefühlten Bedrohungslage verharrten beide schweigend am Küchentisch. Wie sollten sie nun mit der Drohung umgehen? Sie nahmen sie jedenfalls nicht auf die leichte Schulter. Elisabeth löste sich als erste aus der gedanklichen Umklammerung. In ihr reifte eine Idee: „Wir korrigieren unsere Aussage folgendermaßen: Es darf nicht mehr protokolliert werden, dass es sich um einen Cadillac oder überhaupt um eine amerikanische Automarke handelte." Georg war erleichtert: „Damit erfüllen wir die Bedingung unseres vermutlich amerikanischen Erpressers. Wir sollten besser hinzufügen: ‚Die beobachtete lindgrüne Limousine könnte auch ein deutsches Fabrikat gewesen sein, etwa ein Mercedes-Benz 300.' Schließlich war der Wagen schon zu weit weg." Jetzt durfte es ein Bier sein.

Am nächsten Morgen rief Georg beim Landeskriminalamt an, ließ sich mit der Ermittlungsabteilung verbinden und erklärte dem seit gestern bekannten Beamten die Änderung der Aussage vom Cadillac zum Mercedes-Benz 300. „Das haben Sie sich gerade noch rechtzeitig überlegt, bevor das gesamte Protokoll an die Staatsanwaltschaft übermittelt wird. Vergessen Sie nicht, zur Unterschrift zu erscheinen."

Staatsanwalt Büchner war aus hartem Holz geschnitzt. „Sie können Ihre Strafanzeige erst unterschreiben, wenn Sie mir die Änderung Ihrer Aussage erklärt haben. Bis dahin halte ich die Festlegung auf eine bestimmte andere Automarke für un-glaubhaft. Was haben sie wirklich gesehen?" Georg Meier war völlig verunsichert. Nach einer Zeit des Schweigens reagierte Büchner geradezu knallhart: „Ich protokolliere: Auf Vorhalt schweigt der Anzeigeerstatter und gibt damit konkludent zu erkennen, dass die Festlegung auf eine Automarke entfällt. Das wird jetzt abgetippt und Sie können Ihre Anzeige in einer hal-ben Stunde unterschreiben. Nehmen Sie solange auf dem Gang Platz."

4. Treffpunkt „Grüner Baum" in Fürth

Bis Ende 1954 bot die Fürther Altstadt beliebte Treffpunkte für amerikanische Soldaten. Zu einem ihrer bevorzugten Lokale gehörte der „Grüne Baum" in der Gustavstraße. Dort arbeitete Kunigunde als Kellnerin, von allen „Kuni" genannt. Ein Abend im Frühsommer 1954 blieb ihr wegen einer ungewöhnlichen Begegnung in besonderer Erinnerung.

„Ten beers, please!" Zehn lärmende GIs umlagerten den Tresen, an dessen Zapfhahn Kuni mit großer Routine agierte. Den meisten der bierdurstigen Kehlen ging es dennoch nicht schnell genug: „Quickly, rapidly!" Die Halbliterkrüge wurden ihr förmlich aus den Händen gerissen. Maßkrüge waren wegen mehrerer Schlägereien seit einigen Wochen nicht mehr in Gebrauch. Dichter Zigarettenrauch lag in der Luft. Er mischte sich mit dem Geruch verschütteter Biere und wurde in dieser Mischung in der Kleidung nach Hause getragen.

Die beiden, die sich als einzige nicht vorgedrängt hatten, setzten sich an einen Tisch in der Ecke. Kuni fand sie schon deshalb sympathisch, weil ihr Interesse offenbar nicht nur dem Bier galt, sondern auch dem Gespräch miteinander. Es machte den Eindruck enger Vertrautheit unter Freunden. „Endlich mal anständige Amis!", dachte sie.

Der größere der beiden kam an den Tresen. Kuni begann wie gewohnt auf Englisch: „Would you like …" „Sie können Deutsch mit mir reden." „Sehr gern. Was kann ich für Sie tun?" „Gibt es auch ein kleines Bier?" „Eigentlich nicht. Ich kann aber den Krug nur halb füllen – ein ‚Schnitt' sagen wir auch dazu." „Das ist sehr nett. Dann bitte zwei Schnitt."

Um viertel vor acht erschien Kunis beste Freundin Anni, die

sie seit der ersten Volksschulklasse kannte. Ihr Erscheinen erregte unter den Soldaten allgemeine Aufmerksamkeit, die sie jedoch entschlossen ignorierte. Da montags schon ab 20 Uhr Feierabend war, wollten sie beide zusammen ins Kino gehen. Kuni hatte Anni ausnahmsweise gebeten, sie im Grünen Baum abzuholen, obwohl sie wusste, dass Annis Vater ihr verboten hatte, in die „amerikanisch verseuchte" Fürther Altstadt zu gehen.

„Ich bin gleich fertig, gedulde dich noch einen Augenblick. Übrigens: In der Ecke sitzt ein gutaussehender GI, der sogar Deutsch spricht." Annis prüfender Blick wurde mit einem selbstbewussten Lächeln und einem erhobenen Krug erwidert. Kuni hatte das Gefühl, dass Annis naturrote Haare auch bei ihm Gefallen gefunden hatten. Als der große Gutaussehende aufstehen wollte, drückte ihn sein Freund mit irritierender Entschiedenheit wieder auf den Stuhl.

„Stay seated!", pfiff er ihn in militärischem Ton zurück. Sichtlich betreten stierte der so Angeschnauzte vor sich hin. „Sorry". „Never mind", flüsterte der andere kleinlaut. „Let's have another beer", schlug der Kleinere versöhnlich vor. Er gab Kuni ein Handzeichen mit zwei gestreckten Fingern.

Als sie die Krüge auf den Tisch stellte, spürte sie zwischen den beiden eine angespannte Atmosphäre. Schon nach wenigen Minuten verließen sie das Gasthaus. Der Kleine deutete beim Hinausgehen auf den Tisch mit den zurückgelassenen Dollarscheinen.

Seit ihrer Kindheit erlebte Anni einen psychisch labilen Vater, der zu unberechenbaren Wutanfällen neigte, vor allem, wenn man seine Verbote missachtete. Aber sie ließ sich nicht von seinem spürbaren Hass auf alles Amerikanische anstecken. Dennoch musste sie all ihre Bedenken und Skrupel überwinden, um Kuni wieder im Grünen Baum abzuholen. Sie spürte aber auch, dass das Lächeln des Unbekannten und der für sie zum

Gruß erhobene Krug Eindruck auf sie gemacht hatte. Schon beim Betreten des Gastraums wurde sie von Kuni begrüßt. Als diese bemerkte, dass Anni den Raum sondierte, lächelte sie vielsagend und deutete mit dem Kopf in die hintere Richtung. Die beiden Freunde saßen am selben Tisch wie gestern und hatten ihr Kommen bemerkt.

An Anni gerichtet, rief der Gutaussehende mit den braunen Augen und den buschigen Augenbrauen laut genug, um das Gebrüll der anderen GIs zu übertönen: „Wollt ihr euch zu uns setzen?" Kaum war die Einladung ausgesprochen, stand der andere abrupt auf und drängte an Anni vorbei zum Ausgang.

„Was hat er denn?", fragte sie irritiert. „Robert ist anfangs immer etwas scheu. Das gibt sich aber mit der Zeit." Zögernd nahm Anni Platz auf dem frei gewordenen Stuhl. „Ich bin Mike", stellte er sich vor, indem er sich kurz erhob. Anni gefiel diese Art alter Höflichkeit. Sie versuchte, auf Englisch zu antworten. „My name is Anni". „Bleiben wir doch bei deiner Sprache. Pardon, ist Duzen o. k.?", fragte er nach.

„Kein Problem. Woher hast du dein gutes Deutsch?", wollte Anni wissen. „Meine Familie stammt aus Deutschland und wir sprachen zuhause häufig Deutsch."

„Soll ich noch etwas bringen, bevor ich hier Schluss mache?", mischte sich Kuni ein. „Nicht nötig, wir gehen ja gleich", gab Anni kurz zurück. Sie hatte am Tonfall bemerkt, dass Kuni ihr die Plauderei mit Mike offenbar nicht gönnte oder wegen des anstehenden Kinobesuches drängte.

Leicht verlegen versuchte Mike, den Gesprächsfaden wiederaufzunehmen. „Ich habe dich erst gestern hier gesehen. Aber du scheinst die Bedienung zu kennen." „Ja, Kuni ist meine beste Freundin." Sie schaute sich forschend nach Kuni um. „Wir kennen uns schon sehr lange." Bevor Mike weiter fragen konnte, erklärte sie: „Wir wohnten früher nur einen Steinwurf voneinander entfernt, also in der gleichen Straße."

Kuni hatte bereits bei ihren Gästen abkassiert und signalisierte Anni, dass sie gleich gehen könnten. „Kommst du morgen wieder?", beeilte sich Mike, bevor Anni aufstand und den Stuhl zurechtrückte. „Vielleicht", kam über ihre Lippen, begleitet von einem schelmischen Blick, der ihm „wahrscheinlich" signalisieren sollte.

Als Mike wie vorher seinen Anstand bewies und sich erhob, indem er beide Arme militärisch an den Körper anlegte, merkte sie, dass er einen ganzen Kopf größer war als sie. Sie schätzte ihn auf gut eins neunzig. „Worauf wartest du noch?", forderte sie Kuni auf. Beim Hinausgehen drehte sich Anni noch einmal um. Mike freute sich sehr über diese kleine Geste, worüber er im gleichen Augenblick erschrak. Noch nie zuvor hatte ihn ein weibliches Wesen interessiert. Spontan fiel ihm der Vers ein, den er von seinem Großvater kannte: ‚Zwei Seelen wohnen ach! in meiner Brust‘. Zwei Seelen, die auseinander drängten.

Am nächsten Tag ließ Anni auf sich warten. Als sie schließlich den stickigen Gastraum betrat, entdeckte sie Mike und seinen Freund gut gelaunt miteinander plaudernd. Mike hatte schon lange den Eingang im Auge behalten. Ein Lächeln huschte über sein Gesicht, als er sie erblickte. Noch bevor er entsprechende Worte fand, übernahm diesmal sein Freund die Einladung.

Mike schien ihm ihren Namen genannt zu haben, denn er sagte „Anni, would you be so nice to join us?" Fragend blickte sie zu Mike. Er nickte einladend. „Gibt es etwas zu feiern?", fragte sie, indem sie auf dem dritten Stuhl Platz nahm, den Mike bisher tapfer gegenüber anderen GIs verteidigt hatte.

Der Kleine erhob sich und stellte sich förmlich vor: „I'm Robert, Robert Brown. Oh yes, you'r right, there is something to be celebrated." Offensichtlich hatte Robert ihre Frage verstanden. „It's Mike's birthday".

„Willst du dich nicht setzen?", ermunterte Mike sie, indem er den Stuhl in Position brachte. „Na dann – alles Gute!", wusste sie nur zu sagen. Sofort orderte Mike ein drittes Bier. „Oder möchtest du etwas anderes?", ergänzte er. Anni schüttelte nur den Kopf. Ihre roten Backen fielen ihm auf. Als er sie darauf ansprach, ließ sie wissen: „Ich musste heute länger arbeiten. Damit ich nicht allzu spät komme, habe ich mein Fahrrad genommen. Da komme ich immer ins Schwitzen." Mike konnte sein Lachen nicht unterdrücken. Da musste sie auch kichern und Robert fiel mit ein. „Noch ein Bier bitte!" bestellte er auf Deutsch. Kuni war noch zu beschäftigt, um sich schon jetzt zu ihnen zu gesellen.

Die heitere Stimmung veranlasste Mike zu persönlicheren Fragen. Robert hörte angestrengt zu. Möglicherweise verstand er doch einiges, was die beiden erzählten. Schließlich wollte Mike wissen: „Wohnst du noch bei deinen Eltern?" „Ja, was denkst du denn!" „Und wo?" Mike ignorierte den Fußtritt Roberts gegen sein Schienbein. „In der Moltkestraße in Nürnberg", ergänzte sie in einer Körpersprache, als ob sie vorher nachdenken müsste.

Mike fand dies amüsant, weil er das Spielerische schon immer liebte. Er wurde sich kurz bewusst, wie sehr er Roberts Signal weiterhin missachtete. „Hast du einen langen Weg zur Arbeit?" Bis zur Straßenbahn in der Fürther Straße laufe ich zehn Minuten. Sie bringt mich dann in weiteren knappen zehn Minuten zu meinem Arbeitsplatz in der Quelle-Hauptverwaltung."

Bei dem Namen Quelle zog Mike seine Stirn spontan in Falten. Anni war deshalb etwas irritiert. Entschlossen griff sie nach dem Bier, um sich abzulenken. Mike verstand diese Geste. „Du musst wissen, der Versandhandel ist eine amerikanische Idee." „Ach so, das wusste ich nicht." Wieso konnte Mike ihre Firma Quelle als Versandhandel identifizieren? Aber diese Frage hob sie sich für später auf – ebenso wie die Frage, seit wann und woher Mike Robert kannte, dessen Miene sich zunehmend verfinsterte.

Nachdem Kuni abgerechnet und neue Bestellungen an Ursula, ihre Kollegin weitergegeben hatte, kam sie zu den Dreien. Robert zog einen Stuhl heran und sie setzte sich ihm gegenüber. Es entging ihr nicht, dass sein Blick nur auf Mike gerichtet war.

Nach wenigen Minuten forderte er Mike zum Gehen auf. „Come on, we are late!" Mike zog seinen Ärmel zurück, um besser auf seine Uhr schauen zu können. „You'r right. But one moment please! Er holte Luft und trompetete: „Ich habe einen Geburtstagswunsch ...", wobei er Kuni bittend ansah. Sie verstand ihn nicht. „Kannst du uns ausnahmsweise die ‚Schwedenstube' zeigen; mein Großvater schwärmte immer so von diesem Raum hier im Lokal." Die ungläubig verständnislosen Blicke der Drei ignorierte er, indem er seine Bitte nachdrücklich wiederholte: „Please, Bitte!"

Obwohl GIs wegen ihrer Rangeleien seit kurzem der Zutritt zum oberen Stockwerk verboten war, konnte Kuni eine Ausnahme ermöglichen. Sie besorgte den Schlüssel und zu viert erklommen sie die Treppe nach oben. Nach dem Öffnen der knarrenden Tür weitete sich vor ihnen der mächtige Saal, in dem angeblich Gustav Adolf speiste, bevor er 1632 in die Schlacht an der Alten Veste aufbrach. Die gut erhaltene riesige Holzdecke bewunderte besonders der schöngeistige Robert. „It's really amazing!", wiederholte er mehrfach mit schwärmendem Blick. Mike kannte den Raum von einem Foto seines Großvaters, doch die Realität übertraf seine Erwartung. Schweigend genoss er den beeindruckenden Anblick.

Der Lärm von der Straße erinnerte Robert an den Aufbruch. „It's enough, thank you very much!", raunte er noch knapp und rannte aber dann die Treppe hinab. Er wartete auf der anderen Straßenseite, von der er das Sandsteingebäude des „Grünen

Baums" betrachtete. Die beiden Flügel des geräumigen Tores standen einladend offen. Kommende und Gehende drängten zugleich hindurch. Schließlich erschienen die bekannten Gestalten. Anni sagte an Mike gewandt: „Weil heute dein Geburtstag ist, begleiten wir euch ein Stück. Bis zum Rathaus haben wir denselben Weg." – „Kommt ihr nicht mit bis zu unseren Barracks – oder Barracken?", witzelte Mike.

Anni bemerkte, dass Robert ihn kurz mit dem Ellenbogen anstieß. „Ihr glaubt ja wohl nicht im Ernst, dass wir euch zuliebe einen solchen Umweg über die Südstadt machen!" In dieser Antwort lag Kunis ganze Enttäuschung über die Tatsache, dass Robert – der zwar nicht so männlich aussah wie Mike, aber viel mehr ihr Typ war – sie in auffallender Weise ignorierte.

Als Anni die Wohnungstür aufsperrte, hörte sie ihren Vater aufgeregt und ungewöhnlich laut mit ihrem Bruder diskutieren. „Was regt euch denn so auf?" Am Blick ihres Vaters erkannte sie, dass ein Wutanfall zu befürchten war. „Wo kommst du jetzt her?!", brüllte er sie an. Noch bevor sie antworten konnte, zischte er: „Herbert hat dich gestern mit zwei Amis in der Fürther Altstadt gesehen. Bist du verrückt geworden? Habe ich dir nicht verboten, mit Amis zu verkehren?" Zitternd stand sie vor ihm. „Du wirst die Typen doch nicht etwa im Rotlichtviertel der Gustavstraße aufgegabelt haben?" Anni war zu verschüchtert, um eine erklärende Antwort zu geben. Zwar hatte ihr Vater ihr nur als Kleinkind den Hintern versohlt, aber sie traute ihm nun zu, dass er die Kontrolle verlor und zuschlug. „Meine Tochter trifft sich mit Amis! Ich glaub es nicht!" Anni warf ihrem Bruder einen bösen Blick zu. „Diesen Verrat werde ich ihm nicht verzeihen", dachte sie. „Es ist doch bekannt, dass besonders die Gustavstraße ein Sündenpfuhl von Kuppelei, Gewerbsunzucht und Schwarzhandel ist. Und was machst du?" Er näherte sich drohend, die Fäuste geballt.

„Woher willst du denn wissen, wie es dort zugeht?", protestierte Anni kleinlaut. Er deutete auf den Küchentisch, auf dem die Fürther Nachrichten lagen. Als gebürtiger Fürther bezog ihr Vater seit je dieses Blatt. Er drehte sich um und begann in der Zeitung zu blättern. „Hör dir an, was der Polizeidirektor über die Amis schreibt:"

„Fürth ist vorwiegend eine Arbeiter- und Industriestadt. Lediglich die Hauptverkehrsstraßen bekommen allmählich einen großstädtischen Charakter. Gerade diese Straßen sind aber noch völlig frei von irgendwelchem unsittlichen Treiben geblieben. Die Altstadt ist dagegen das Vergnügungsviertel für die amerikanischen Soldaten. Die engen, winkligen Gassen und der im Allgemeinen schlechte bauliche Zustand sind ein Nährboden für unsittliche Zustände." Vorwurfsvoll blickte er sie an.

„Aber von der Gustavstraße ist doch gar nicht die Rede", wagte sie einzuwenden. Inzwischen hatte sie etwas Mut gefasst. „Du kennst doch noch die Kuni. Vor einer Woche haben wir uns zufällig getroffen. Sie arbeitet seit kurzem im „Grünen Baum". Zwar hat sie mir von einigen Schlägereien in der Gustavstraße erzählt, aber nichts von unsittlichen Zuständen. Ich hab sie nur abgeholt, weil wir gemeinsam ins Kino gehen wollten. Da haben uns zwei GIs bis zur Königstraße begleitet. Außerdem ist Mike deutschstämmig und sehr schüchtern." Sie biss sich auf die Lippen, als ihr dies entfuhr.

„Aha, du kennst sogar schon seinen Namen!" „Das hat nichts zu bedeuten; der andere hat ihn so genannt." Dass sie Mike wieder getroffen hatte, verschwieg sie verständlicherweise. Die Wut ihres Vaters ebbte ab. Im Drohton verkündete er: „Damit du es dir hinter die Ohren schreiben kannst: Ich verbiete dir ein für alle Mal den Umgang mit den Amis in der Kneipe oder sonst wo – und glaub bloß nicht, dass ich das in Zukunft nicht bemerken würde!" Sie wusste, dass er sich nicht mehr mit Ausreden besänftigen lassen würde. Derartige emotionale

Ausbrüche ihres Vaters waren für Anni schrecklich, aber leider keine Seltenheit. „Das hat mit seiner Vergangenheit im Krieg zu tun", hatte ihre Mutter auf Nachfrage „Warum Vater oft so wütend wird", knapp geantwortet. Die ganze Wahrheit war: Am 25. Februar 1944 hatte er bei einem Luftangriff amerikanischer Bomber auf die damals kriegswichtigen „Bayerischen Waggon- und Flugzeugwerke" sein linkes Bein verloren und litt heute noch unter ständigen Schmerzen und den täglichen Einschränkungen.

Die Werksanlagen auf der Fürther Hardhöhe zählten zu den bevorzugten Angriffszielen, die von amerikanischen Flugzeugen bombardiert wurden. Zwei seiner Brüder gehörten zu den 139 Todesopfern dieses Angriffs. Seit diesem Tag waren „die Amerikaner" für ihn „Mörder und keine Befreier". Er trichterte seinen Kindern ein: „Die Amerikaner behaupten, uns Deutsche 1945 vom Nationalsozialismus befreit zu haben. Das ist eine grobe Geschichtsfälschung. Die NSDAP war als stärkste Partei demokratisch an die Macht gekommen und Hitler war ihr Führer. Er hat die Arbeitslosigkeit der dreißiger Jahre beseitigt, die Autobahnen gebaut und Deutschland in der Welt wieder Respekt verschafft. Das mit den Juden war ein großer Fehler." Während Annis Bruder das alles richtig fand, war sie mit ihrer Mutter der Meinung, nach der bedingungslosen Kapitulation Deutschlands am 8. Mai 1945 die gesamte „Nazizeit" für erledigt erklären zu können.

Das war auch der Frontverlauf im verbalen Krieg der Familie über die Wiederbewaffnung Deutschlands und die Gründung der Bundeswehr: Hier die pazifistischen Frauen, dort die militaristischen Männer. „Mein Namensvetter Konrad Adenauer verhandelt mit Truman und beugt sich amerikanischen Bedürfnissen, anstatt deutsche Interessen zu vertreten", ließ Konrad Förster wissen. „Wenn uns keine Wehrmacht mehr schützt, müssen wir uns eben selbst verteidigen." Dass ihr Vater einen

Revolver besaß, hatte Anni zufällig entdeckt, als sie im Kleider-schrank ihrer Eltern nach einem Faschingskostüm schnüffelte. Diese Entdeckung verheimlichte sie aber.

5. Max Morlock – ein „Mordsfußballer"

Ein Sonderzug brachte die 1954er Überraschungsweltmeister von Bern nach München. Entlang der Bahnstrecke warteten Hunderttausende, um den Spielern zuzujubeln. Beim Autokorso in München und bei der Feier auf dem Marienplatz waren es am 6. Juli geschätzt 300.000 Fußballbegeisterte. Um Max Morlock aus der Hauptstadt des Landes in die Hochburg des Fußballs bringen zu lassen, hatte der „Club" am 7. Juli nicht irgendein Fahrzeug geschickt, sondern eine amerikanische Limousine. Einer Ehrenrunde im Städtischen Stadion vor dreißigtausend Jugendlichen, die dort zum jährlichen Schulsportfest zusammengekommen waren, folgte eine Triumphfahrt durch die Stadt. Der Jubel kannte keine Grenzen. Im heimischen Sportpark „Zabo" gab „Gerch" Georg Meier das Signal, seinen Nachbarn von gegenüber als den Schützen des „dritten Tores" auf die Schultern zu nehmen und ihn „dreimal hochleben" zu lassen: „Max Morlock lebe hoch! – Hoch! – Hoch!" Dies wurde mehrfach wiederholt.

Ein Sportreporter des Bayerischen Rundfunks hatte die Szene beobachtet. Er ging auf Georg Meier zu und sagte leicht schnippisch: „Für das dritte Tor hätten Sie Helmut Rahn hochleben lassen müssen!" „Das war das dritte deutsche Tor, aber nicht das dritte Tor des Spiels." Die Antwort gefiel dem Reporter so, dass er Georg nach seinem Verhältnis zu Morlock befragte. Nach wenigen Sätzen über die Entwicklung einer Freundschaft zwischen zwei Männern des Jahrgangs 1925 hatte er den Eindruck, diese Freundschaftsgeschichte für das Portrait eines ganz aktuellen Fußballidols nutzen zu können. Deshalb bat er darum, die Geschichte aufzeichnen zu dürfen. „Band läuft. – Legen Sie los!"

„Nach unserer Hochzeit im Jahr 1953 sind meine Frau und ich in ein Mietshaus in der Pillenreuther Straße eingezogen. Max Morlocks Lottoladen liegt direkt gegenüber. Da ich sein fußballerisches Talent seit Jahren mit Begeisterung beobachtet hatte, wollte ich ihn noch am Tag unseres Einzugs persönlich kennenlernen. Das ist mir dann beim Einkauf einer Schachtel Zigaretten der Marke Lucky Strike auch gelungen. Ich versuche, unser erstes Gespräch möglichst so wiederzugeben, wie es damals vor etwa einem Jahr tatsächlich stattgefunden hat:"

„Nachdem ich meine Zigaretten bezahlt hatte, bat ich ihn um ein Autogramm. Er war darüber sehr verwundert und fragte, ob ich wohl Club-Anhänger sei. Mehr als das, gab ich zur Antwort: Ich bin vor allem fasziniert von Ihrer Art, Fußball zu spielen. Sie tragen als halbrechter Stürmer auf dem weinroten Trikot die Nummer 8 beim Club. Schon 1948 haben Sie mit einem 2:1 gegen Kaiserslautern die Deutsche Meisterschaft gewonnen. Auch Fritz Walter, der Kapitän der Lauterer, nannte ihre Spielweise schon damals ‚überragend': Sowohl im Sturm wie auch in der Abwehr seien Sie immer dort aufgetaucht, wo man Sie nicht erwartete. Und so manche Situation hätten Sie nach Art eines Verteidigers geklärt."

Morlock war – wie die meisten Franken – kein Mann großer Worte und langer Reden. „Ich denk, der Fritz hat mich bloß so g'lobt, um die Niederlage seiner Mannschaft zu erklären."

„Seit 1950 sind Sie Mitglied der Deutschen Nationalmannschaft und ich wette, nächstes Jahr werden Sie mit ihr Weltmeister!" „Das wenn wir wüssten! Dann müssten wir uns im Training nicht mehr so quälen."

„Ich habe meine Zigaretten ausschließlich in Morlocks Laden gekauft, um ihn so oft wie möglich zu treffen. Selbstverständlich habe ich jedes Clubspiel in der Oberliga Süd im Sportpark Zabo besucht und kein Bundesligaspiel im Städtischen Stadion versäumt. Die Spiele des letzten Wochenendes wurden in unserer Stammkneipe regelmäßig an den darauf folgenden Montagen beim abendlichen Schafkopf-Spiel unter uns Fußballbegeisterten ‚in ihre Einzelteile zerlegt'. Max war auch beim Karteln ein fairer Sportsmann. Er konnte verlieren, ohne zu lamentieren. Und einem gut gespielten Solo konnte er applaudieren, ohne neidisch zu sein."

„Aber eigentlich war ihm jede Art von Selbstinszenierung fremd. Das beste Beispiel dafür ist eine Episode aus dem letzten Jahr: Vor dem Länderspiel gegen Österreich wurden die Spieler dem Bundespräsidenten Theodor Heuss vorgestellt. Weil Morlock der letzte in der Reihe war, vermutete Heuss, der vorher noch kein Fußballspiel gesehen hatte: ‚Und Sie sind sicher der Torwart?!'. Um dem ersten Mann im Staate eine peinliche Situation zu ersparen, antwortete er: ‚Ja, Herr Bundespräsident, ich bin der Torwart'."

Der Sportreporter war offensichtlich zufrieden: „Danke. Das ist ein guter Schluss für das geplante Portrait in meinem Sender." Schorsch Meier beeilte sich darum zu bitten: „Geben Sie mir Bescheid, wann es ausgestrahlt wird. Ich würde es gern gemeinsam mit meinem Freund Max anhören." Wegen angeblicher Arbeitsüberlastung des Reporters wurde das Portrait aber weder fertiggestellt noch gesendet. So enttäuscht Georg darüber war, so froh war er, Max zuvor nichts davon erzählt zu haben.

Die Stadt Nürnberg ehrte ihren Meisterspieler durch einen Eintrag in das Goldene Buch. Nach der offiziellen Siegesfeier, die sich bis in den Abend erstreckte, kam Max zuhause endlich dazu, seinen Schwiegervater nach dem Gang der Geschäfte in der Lotto- und Toto-Annahme zu fragen: „Wie waren denn die Umsätze der letzten drei Tage?" „Ja, wir hatten deutlich mehr Kundschaft und insgesamt eine Umsatzsteigerung von dreißig Prozent!" „Gab es sonst noch etwas Besonderes?" Weil Hans seinen Schwiegersohn zu nachtschlafender Zeit nicht beunruhigen wollte, sagte er nur kurz, aber bestimmt: „Das hat Zeit bis morgen …"

„Schluss mit der Feierei! Wir kehren wieder zu einem normalen Tagesablauf zurück". Mit diesem Satz gab Max seinem Schwiegervater kurz vor Ladenöffnung am Donnerstag, 8. Juli, dann das Zeichen für den Bericht über das Geschehen vom vergangenen Sonntag: den von Elisabeth Meier gehörten Schuss, die Blutspur vor dem Laden (die der Regen inzwischen weggewaschen hatte), das liegengebliebene Damenfahrrad, und natürlich, die offene Seitentür des Hauses sowie die Unordnung im Hinterzimmer. Von Ereignis zu Ereignis verfinsterte sich das Gesicht des Weltmeisters. „Was ist mit der Kasse?", unterbrach er den Bericht. „Nein, es fehlt nichts." „Das ist komisch. Hast du eine Erklärung?" Hans schüttelte nur den Kopf.

„War die Polizei da?", wollte Max wissen. „Ja, am Sonntag mit zwei Uniformierten im Polizeifahrzeug." – „Hoffentlich nicht mit Sirene und Blaulicht!" „Nein. Aber ein gewisses Aufsehen in der Nachbarschaft war schon bemerkbar. Dagegen fiel der Herr von der Kripo, der am Dienstag eine Probe der Blutspur und das Damenfahrrad mitnahm, niemandem auf." „Glaubst du, dass unser Laden dadurch in ein schiefes Licht gerät?" „Nicht, solange du, Max, die Seele des Geschäfts bist. Und das blieb Max Morlock, der grundsätzlich jeden Tag da war, über fast vier Jahrzehnte. Seine jüngere Tochter nannte seinen Laden – einen der ersten in Nürnberg mit Lottolizenz – „sein Hobby". Und er selbst sagte, er sei „der glücklichste Mensch, wenn er früh aufstehen und ins Geschäft gehen" konnte.

„Die Unordnung im Hinterzimmer beunruhigt mich. Lass uns noch einmal nachsehen, ob nicht doch etwas fehlt." „Ich hab' doch schon alles überprüft!", warf Hans ein: „Es fehlt nichts!" Hans verstand nicht, dass Max trotzdem die Ordner in einem offenen Wandregal etwas zur Seite schob und dann erschrocken feststellte: „O je! Es fehlt das Kuvert mit der Aufschrift ‚Deutsch-Amerikanische Freundschaft'. Ich habe es für einen deutschstämmigen Amerikaner aufbewahrt, den ich beim Besuch des Clubs in New York im letzten Jahr kennengelernt hatte." „Was war denn drin in dem Kuvert?" „Ich weiß es ja nicht. Es war verschlossen und Mike Frank – das war sein Name – hat mich um Verschwiegenheit gebeten." „Na, da war er bei dir ja gleich an der richtigen Adresse! Der muss Menschenkenntnis gehabt haben."

„Ich hoffe, du hilfst mit dabei! Wenn wir beide verschwiegen bleiben, darf das Verschwinden des Kuverts niemandem verraten werden!" Reichlich konsterniert brummte Hans: „Einverstanden."

Heftig irritiert durch die Entwendung eines offenbar wichtigen Dokuments für diesen ihnen sonst fremden Mike Frank schaute Max sich weiter im Laden um. „Wo sind meine Fußballschuhe, die hier in der Glasvitrine standen?" „Tatsächlich: Die ersten Stollenschuhe, die Adi Dassler dir geschenkt hat, fehlen! Warum ist mir das selbst nicht aufgefallen?" Der ideelle Wert dieses besonderen Geschenks bestand für Max in der Erinnerung daran, dass er in jener Zeit jeden neu entwickelten Adidas-Fußballschuh im Spiel persönlich testen durfte.

Strafanzeige wegen Diebstahls zu erstatten, wurde nach kurzer Diskussion verworfen: Durch das Auftauchen der Polizei am Endspielsonntag waren schon genug Gerüchte entstanden, die nicht um weitere Phantasiegeschichten fortgeschrieben werden sollten.

„Der Meisterspieler von Nürnberg" – so der damalige Titel des geplanten Rundfunkportraits – beendete seine große fußballerische Karriere am 12. Mai 1964 exakt mit seinem 900. Spiel für den Club. Dieses Ereignis erinnerte den Rundfunkreporter an das damalige Interview mit Georg Meier. Sozusagen nach einer Sendepause von zehn Jahren bot es ihm Gelegenheit, die damalige Erzählung aufzugreifen und mit einer aktuellen Würdigung Morlocks zu verbinden. Georg Meier nahm die Einladung ins Funkhaus am Rundfunkplatz in München gern an.

„1961 gewann der Club das Endspiel um die Deutsche Meisterschaft mit 3:0 gegen Dortmund. Ich war in Hannover als Zuschauer dabei. Morlock war damals mit 36 Jahren doppelt so alt wie der jüngste Clubspieler. Für die in den Medien so genannten ‚Jungen Wilden‘ war er ein Idol im besten Sinne des Wortes: ein bewundernswertes Vorbild in Leistung und Charakter. Bescheiden und bodenständig, trug er ein Vierteljahrhundert kein anderes Trikot als das des 1. FC Nürnberg.“

„Sein Mitspieler Heiner Müller formulierte die Pointe so: ‚In Max Morlock hatten wir einen Kapitän, vor dem du am liebsten sogar während des Spiels den Hut gezogen hättest.‘ Er war Torjäger mit einem Instinkt für erfolgreiche Abschlüsse mit dem Fuß – wie im Endspiel in Bern mit der Stiefelspitze – und einer Sprungkraft, die seine zahlreichen Kopfballtore erklärt. Als Spielmacher und Ballschlepper kurbelte er Spiele immer wieder an. Der damalige Bundestrainer Sepp Herberger hob hervor, ‚in kritischen Situationen‘ sei Morlock immer ‚sein Mann‘ gewesen, auf den er sich ‚stets verlassen‘ konnte. ‚Er war ein Spieler, der alle mitgerissen hat‘.“

„Auf das ‚Wunder von Bern‘ angesprochen, hat er die ‚Wunder‘-These zurückgewiesen: ‚Wir waren in der Schweiz dreieinhalb Wochen zusammen, hatten keine Ablenkung und spielten nur Fußball. Wir trainierten täglich mit dem Ziel einer auf die Spitze getriebenen Kondition aller 22 Spieler, wir lebten bis aufs Kleinste nach Vorschrift und bildeten einen unzerreißbaren Kameradenkreis, der wohl seinesgleichen suchte.‘“

„Auch das Anschlusstor, das er auf Rahns Flanke erzielte, beschrieb Max bodenständig: ‚Auf dem nassen Boden bekam der Ball eine Mordsfahrt. Mit einem energischen Satz ließ ich mich in die Vorlage hineinrutschen, Grosics schaute entgeistert, und an ihm vorbei rollte der Ball ins Netz.' Was er hier zur ‚Fahrt' des Balles in einer typisch fränkischen Ausdrucksweise sagt – ‚Mordsfahrt' –, möchte ich zu ihm als Fußballer sagen: Max Morlock war ein ‚Mordsfußballer.'"

Sehr zur Enttäuschung Georg Meiers wurde auch das zweite Interview nicht gesendet. Er hatte auf eine Sendung des Bayerischen Rundfunks mit dem Titel „Max Morlock als Mordsfußballer" gehofft. Mehrere Nachfragen im Funkhaus in München blieben jedoch erfolglos und ergaben keine Erklärung, die ihm plausibel erschien. Als bitterer Nachgeschmack blieb deshalb der Eindruck, dass München und Nürnberg in einem ähnlichen Verhältnis zueinander stehen wie Nürnberg und Fürth – der große Bruder hält den kleinen am liebsten weiterhin klein.

6. Mike und Robert in New York

Mike hatte Robert an der Columbia-Universität in New York kennen gelernt, an der beide in den Jahren 1952 und 1953 studierten. Mike wollte wie sein Großvater Arzt werden, daher war er in Medizin eingeschrieben. Robert hatte Physik an der School of Engineering and Applied Science als Studienfach gewählt und die Studiengänge politische Wissenschaften an der School of International and Public Affairs belegt, beides Abteilungen der Columbia University. Interessehalber besuchte er auch Vorlesungen in politischer Philosophie.

Sein Vater Roger Brown – Tonmeister bei den Chelsea Television Studios Manhattan – war im März 1953 entlassen worden, weil sein Name aufgrund unerklärlicher Denunzierung auf der berüchtigten „Schwarzen Liste" stand, die mutmaßlich der Kommunistenjäger McCarthy erstellt hatte. Wer auf dieser Liste stand, musste mit Berufsverbot rechnen. Anfänglich verfolgte er Politiker, die er für Kommunisten hielt. Dann wurden auch Schauspieler Opfer seiner gnadenlosen Hetzkampagne. Bei Angestellten des Staates kam es zur Entlassung von mehr als 8000 Beamten und selbst Angehörigen des Militärs. Viele versuchten durch Denunzierung aus der Verdachtsfalle zu entkommen.

Nun hatte es auch Roger Brown erwischt, vermutlich weil er als liberaler Freigeist galt. Er hatte stets bestritten, Verbindung mit kommunistischen Aktivitäten zu haben – vergeblich. Nach seiner Entlassung betrieb er zusammen mit seinem Sohn intensive Nachforschungen zu den Machenschaften von McCarthy, der eine ganze Ära zu prägen schien. Robert wurde dadurch im Kern seiner Persönlichkeit ein überzeugter Kritiker ideologisch begründeter Verfolgung von Minderheiten.

Seinen Vater erinnerte die Kommunisten-Hetze an die Anfänge der faschistischen Umtriebe gegen Juden während der dreißiger Jahre in Nazi-Deutschland. Mit großer Aufmerksamkeit und starker emotionaler Beteiligung verfolgten Vater und Sohn den Fall des jüdischen Ehepaares Ethel und Julius Rosenberg. Ihnen wurde vorgeworfen, einem sowjetischen Spionagering anzugehören, der Baupläne der Atombombe an die Russen verraten habe. Sie gaben ihre frühere Mitgliedschaft in der kommunistischen Partei Amerikas zu. Eine Mitgliedschaft war jedoch schon im September 1950 durch ein „Gesetz zur inneren Sicherheit und zur Kontrolle der Kommunisten" verboten worden. Die unterstellte Spionagetätigkeit bestritten beide vehement. Am 19. Juni 1953 wurden jedoch beide Rosenbergs nach Ablehnung einer Revision auf dem elektrischen Stuhl hingerichtet. Robert war als entschiedener Gegner der Todesstrafe davon zutiefst betroffen. Zugleich höchst empört war er sicher, dass die Vollstreckung des Urteils vor allem der Einschüchterung aller US-Bürger diente.

Die Entlassung des Vaters war für die Familie ein schwerer Schlag. Robert war bereits im 3. Semester und es war fraglich, ob er sein Studium ohne familiäre finanzielle Unterstützung würde fortsetzen können. Er war zu stolz, das dürftige Gehalt seiner Mutter als Zahnarztassistentin anzutasten. Auf ein Inserat „Probanden gesucht, 5 Dollars", das an dem Job-Board in der Mensa hing, meldete er sich in Westside 123. Straße im zweiten Stockwerk. Er war darauf vorbereitet, seine klinischen Befunde vorlegen zu müssen. Sie interessierten aber niemanden. Alles, was er zu tun hatte, war, drei Mal am Tag je 2 cl einer farb- und geschmacklosen Flüssigkeit zu schlucken und die Wirkung täglich zu protokollieren. Nach einer Woche sollte die Dosis gesteigert werden. Zunächst verspürte er nur eine geringe euphorische Grundstimmung. Nach drei Tagen begann er, sich auf den nächsten Schluck zu freuen. Die gelegentlichen

Anfälle von Schwindel und Übelkeit nahm er in Kauf. Gelegentlich hatte er den Eindruck, dass seine Konzentrationsfähigkeit nachließ.

Zur Begegnung mit Mike kam es in der folgenden Woche in der Universitätsbibliothek. Robert wollte herausfinden, welche Gefahr die kommunistische Idee birgt und ob die Hetze tatsächlich durch jene Texte gerechtfertigt sind, die den Kommunismus begründeten. Deshalb beabsichtigte er, das „Manifest der Kommunistischen Partei" von Karl Marx und Friedrich Engels auszuleihen. Er hatte die Originalausgabe des Jahres 1848 bestellt und darauf vertraut, dass der Deutschkurs, den er seit Studienbeginn besuchte, genügen würde, um zu verstehen, worum es ging. Eine mürrische Bibliothekarin erklärte ihm jedoch, dass für kommunistische Literatur ein Ausleiheverbot bestehe und jeder amerikanisch gesinnte Student dies von sich aus befolge. Mit den anderen werde man dank McCarthys schon ‚fertig werden'.

Mike, der hinter Robert an der Theke der Buchausleihe stand, hörte, wie die Bibliothekarin telefonierte, den Namen „Robert Brown" nannte und die Signatur eines Buches nannte. Es konnte sich nur um das ohne Beachtung des Ausleiheverbotes bestellte Kommunistische Manifest handeln. Mike war über diese Denunziation so empört, dass er dem Kommilitonen, dem er bisher noch nicht begegnet war, bis zu seinem Sitzplatz in der Bibliothek folgte. Möglichst unauffällig erklärte er ihm, dass seine Buchbestellung offensichtlich Missfallen erregt habe und irgendeiner übergeordneten Stelle gemeldet worden sei.

Das war der Beginn einer Freundschaft, die von Anfang an auf wechselseitiger Sympathie beruhte. Robert fand Mike gutaussehend und männlich und Mike mochte Roberts elegantes Äußeres und seinen kritischen Geist. Gefestigt wurde die freundschaftliche Beziehung durch regelmäßigen Gedankenaustausch über beiderseitiges Interesse an politischer Philosophie. Bei einem der nächsten Treffen diskutierten beide heftig über das „Kommunistische Manifest", das Mike aus der häuslichen Bibliothek seines Großvaters mitgebracht hatte. Ganz uneinig waren sie sich jedoch beim Begriff der „proletarischen Revolution".

Robert meinte, die marxistische Idee stünde mit der Eingangspassage der ‚Amerikanischen Unabhängigkeitserklärung' in Einklang, das Streben nach allgemeinem Glück zu fördern. Dies könne aber nur durch Abschaffung der Klassenunterschiede erreicht werden. Mike verwies beharrlich auf die politische Realität des Marxismus. Die Ereignisse vom 17. Juni 1953 eine Woche zuvor waren ihm aus den Berichten amerikanischer Medien über den Volksaufstand in Ostberlin noch in frischer und sehr lebhafter Erinnerung. Beide hatten jedoch kein Interesse an persönlichem Streit. Sympathie und wechselseitiger Respekt überwogen. Und die von beiden gepflegte Tradition des platonischen Dialogs verstärkte die Sympathie. Aber beiden wurde zunehmend bewusst: „So sehr wir Platons Philosophie lieben, so wenig platonisch ist unsere Freundschaft." Zwar war Robert schon einmal in einen Jungen verliebt, aber eine derartig gefühlte Nähe und geradezu leibhafte Übereinstimmung lernte er erst durch Mike kennen. Dieser kannte bisher keine spezielle Zuneigung zu Männern, erst Robert hatte sie in ihm geweckt.

Robert berichtete Mike von zunehmenden nächtlichen Angstgefühlen, die er sich nicht erklären konnte. Auf Mikes drängende Nachfrage erzählte er von seinem „Job" als klinischer Proband. Er brauche das Geld dringend, erklärte er, nachdem Mike ihn aufgefordert hatte, die Sache abzubrechen. Der angehende Mediziner hatte von anderer Seite schon vom MK-Ultra-Projekt erfahren, hinter dem die CIA stecke. Ziel des Projektes sei zu untersuchen, inwieweit halbsynthetische Substanzen zur psychologischen Kriegsführung im Kalten Krieg einsetzbar sind. Dass Robert bereits drogenabhängig war, da an ihm LSD getestet wurde, konnte auch Mike nicht wissen.

Die Freunde waren beide Jahrgang 1933. Aufgrund ihres Studienbeginns im Herbst 1952 waren sie zunächst für ein Jahr vom Militärdienst zurückgestellt. Je öfter sie zusammentrafen – sei es „einfach so" oder zu fest verabredeten politischen und philosophischen Diskussionen –, desto intensiver beschäftigte sie die Frage, wo sie ihren Dienst als Soldaten der US-Army ableisten sollten. Sie wussten, dass Homosexualität in der Army als Straftat geahndet wurde. Aufgrund seiner deutschen Eltern und Großeltern plädierte Mike von Anfang an für seine „zweite Heimat". Nach langem Hin und Her fiel die Entscheidung für Deutschland und die Wahl auf Fürth – die Stadt, in der Mikes Großvater Dr. Jakob Frank als Arzt hohes Ansehen genossen hatte. Außerdem hofften sie, dass ihre „verbotene" sexuelle Orientierung in Europa weniger auffallen würde.

7. Frankenderby

Aufgrund seiner Familiengeschichte hatte sich der fußballbe-geisterte Mike immer schon – jedenfalls seitdem er lesen konn-te – für die Spielvereinigung Fürth interessiert. Sogar die Riva-lität zum 1. FCN war ihm präsent. Als der „Club" im Mai 1953 auf Einladung des deutsch-amerikanischen Fußballverbands in New York gastierte, kündigte die Presse den Besuch des „First Soccer Club Nuremberg" mit dem Hinweis an, die „Germans of today" seien Freunde Amerikas. In der New York Times war ein Foto von der Ankunft am Airport erschienen. Es zeigte den Verbandspräsidenten, der dem „Captain" des „Clubs" die Hand schüttelt. „Kapitän" sei „der entnazifizierte Ersatz für das Un-wort Spielführer", hatte Mike von seinem Vater gelernt.

Mike hatte das Foto sorgfältig ausgeschnitten. In der Lobby des Croydon-Hotels, in dem die Mannschaft empfangen wur-de, ging er nach dem offiziellen Akt auf den „Kapitän" zu. „Ent-schuldigung, Herr Morlock, würden Sie bitte auf diesem Foto unterschreiben?", bat Mike, indem er ihm einen Stift reichte. Beim Anblick des Fotos musste Max grinsen. „Selbstverständ-lich, sehr gern!" Mikes Blick blieb an einem Pflaster an Mor-locks Kinn hängen. „Haben Sie sich beim Köpfen – er kannte den Ausdruck aus den Reportagen der deutschen Fußballre-porter, die er leidenschaftlich gern hörte – verletzt?" Morlock lachte: „Nein, das ist beim Rasieren passiert." Mike bedankte sich ausführlich für das Autogramm und sagte: Da ich bald meinen Militärdienst in Fürth antreten werde, freue ich mich jetzt schon darauf, Sie dort spielen zu sehen."

Morlock präzisierte: „Das Stadion, in dem der Club spielt, ist der Sportpark „Zabo" in Nürnberg. Nur im sogenannten Fran-kenderby treten wir im Fürther Ronhof an, das nächste Mal wahrscheinlich im Herbst." „Das trifft sich gut." freute sich Mike. „Mein Dienst als GI beginnt am 1. September. Wenn nichts dazwischenkommt, werde ich unter den Zuschauern sein und sehen, ob Sie Ihre Mannschaft zum Sieg gegen Ihren Lokalrivalen führen können." Er überlegte kurz, ob auch dieses „Führen" unter das Entnazifizierungsgebot seines Vaters fiel. Weil sich andere Interessierte um Morlock scharten, verabschiedete er sich und rannte glücklich aus der Lobby.

Ab dem 1. September 1953 war Mike Frank wie erhofft in Fürth stationiert. Die freundliche Art und Weise, wie der Clubkapitän auf seinen Autogrammwunsch reagiert hatte, war ihm ebenso in Erinnerung geblieben wie Morlocks Hinweis auf das Frankenderby im Herbst im Fürther Ronhof. Das Spiel fand am 20. September statt. Weil dies ein Sonntag war, stand einem Stadionbesuch jedenfalls dienstrechtlich nichts entgegen.

Noch in New York hatte Mike immer wieder versucht, Robert etwas von seiner Begeisterung für den „German way of Soccer" zu vermitteln. Die erhoffte Wirkung stellte sich ein, als er von den vielen Toren erzählte, die Morlock mit dem Kopf erziele, obwohl er nur einen Meter und siebzig Zentimeter groß sei. „Five feet seven inches, wie du", betonte er in Einschätzung der ungefähren Größe Roberts. Und tatsächlich bekundete „der kleine Robert" – wie Mike ihn gelegentlich mit einem dann auffallend wohlwollenden Blick nannte – seine Bereitschaft, am Sonntag in zwei Wochen zum Derby im Ronhof mitzukommen.

Weil er Max Morlock nicht nur als Spieler bewunderte, sondern ihn in New York auch als freundlichen Menschen erlebt hatte, wollte er sich für das Autogramm mit einem Geschenk revanchieren. Ohne lange Überlegungen war er zu dem Entschluss gekommen, ein für Amerika typisches Produkt mit nach Deutschland zu nehmen: einen Rasierapparat der Firma Remington – jener Firma, die 1937 den ersten elektrischen

Trockenrasierer hergestellt hatte. Um sicherzugehen, das Geschenk auch wirklich übergeben zu können, rief er am Samstagvormittag vor dem Spiel in Morlocks Laden an.

Die Telefonzelle in der Gustavstraße – die erste vom Typ FeH53 – war nagelneu. Auch das Telefonbuch war recht ansehnlich und noch nicht zerfleddert. Die gesuchte Nummer war schnell gefunden: „Toto und Lotto Morlock, Hans Weiß" „Entschuldigen Sie die Störung. Ist Max Morlock zu sprechen?" „Augenblick." „Hier Morlock." Mike hatte sich vorgenommen, gleich zur Sache zu kommen: „Ich bin Mike Frank, dem Sie in New York ein Autogramm auf einem Zeitungsfoto gegeben haben. Vielleicht erinnern Sie sich?" Da er keine Antwort erhielt, setzte er mit seinem Anliegen fort: „Ich komme morgen in den Ronhof und möchte Ihnen gern ein kleines Präsent übergeben. Wann und wo kann ich Sie treffen?"

Max war überrascht. Inzwischen konnte er sich an den jungen Kerl erinnern. „Ich weiß nicht, ob ich wegen des Autogramms ein Präsent annehmen kann." Weil er keine Reaktion hörte, erklärte er: „Hören Sie, vor dem Spiel muss ich für die Mannschaft da sein. Aber nach dem Spiel könnten wir uns gern treffen. Kommen Sie zur Haupttribüne und warten Sie am Eingang zu den Umkleidekabinen. Ich freue mich, Sie wiederzusehen. Aber ein Präsent ist wirklich nicht nötig." „Ich überreiche es ja gern und nicht aus Notwendigkeit. Darf ich einen Freund mitnehmen, der sich für Ihr Kopfballspiel interessiert?" „Warum nicht?" „Sehr schön, dann also bis morgen nach dem Spiel."

Der Sportpark Ronhof hatte 1951 eine neue Tribüne erhalten. Mit deren Sitzplätzen für die „Privilegierten" und den Stehplätzen für die „Proletarier" (Originalton Robert) hatte das Stadion ein Fassungsvermögen von 30.000 Besuchern. Am 20. September 1953 war es ausverkauft und bis auf den letzten Platz gefüllt. Der Anpfiff erfolgte pünktlich um 15 Uhr. Nach

Morlocks Tor in der 17. Spielminute wurde auf der Anzeigetafel eine große „1" über der Aufschrift „Gast" aufgehängt, während es über „SpVgg" bei der „0" blieb. Robert fand diese Art der Anzeige „nicht sehr modern". Nach Wintersteins Tor sechs Minuten vor dem Abpfiff konnten die etwa 10.000 Nürnberger Anhänger die aufgehängte „2" für den Gast bejubeln.

Mike und Robert hatten das zweite Tor nur noch akustisch mitbekommen, weil sie in der achtzigsten Spielminute ihren Stehplatz auf der Gegengeraden verlassen hatten, um rechtzeitig am vereinbarten Treffpunkt an der Haupttribüne zu sein. Dort war das Gedränge groß und Mike fürchtete, gar nicht bis zu den von Autogrammjägern umlagerten Clubspielern vorstoßen zu können. Zu seiner großen Freude hatte Morlock sich aber aus der Umlagerung befreit und war beidhändig winkend auf ihn zugegangen, nachdem er ihn erkannt hatte: „Ich habe unsere Verabredung nicht vergessen." „Vielen Dank, dass Sie gekommen sind. Darf ich Ihnen meinen besten Freund vorstellen: Robert Brown." Beide wurden mit einem kräftigen Händedruck begrüßt.

Mike hatte den Remington-Rasierer bewusst nicht verpackt. Erstens war weder Geburtstag noch Weihnachten und zweitens war er kein Verpackungskünstler. Dagegen beherrschte er die Kunst der Rhetorik: „Als Deutsch-Amerikaner schätze ich das Traditionsbewusstsein der Deutschen und den Erfindergeist der Amerikaner. Ich habe Ihnen daher eine amerikanische Erfindung mitgebracht: einen elektrischen Trockenrasierer. Mit ihm gelingt die Rasur ohne Pflaster." Der Fußballweltmeister war sichtlich erfreut und spürbar bewegt. Er wechselte das unbekannte Objekt von einer Hand in die andere und sagte dann lachend: „Sie erinnern sich tatsächlich an das Pflaster, über das wir in New York kurz gesprochen haben?" „Selbstverständlich. Das war ja der Grund für meine Geschenkidee."

Auf dem Heimweg diskutierten Mike und Robert ihre Eindrücke. Konsens bestand darin, Max Morlock für einen Ausnahmefußballer zu halten, dessen Format die beiden gern mit einem passenden Wort zum Ausdruck gebracht hätten. „Hast du mir nicht einmal erzählt, in Fürth hätte man deinen Großvater einen ‚Mordskerl' genannt? Könnte man dies nicht auch von Morlock sagen?" „Vielleicht – wenn man von einem ‚Kerl' keine bestimmte Größe und Statur verlangt. Was man vom ‚kleinen Morlock' aber bestimmt sagen könnte: Er ist ein ‚Mordsfußballer'. In deutsch-fränkischer Kürze ist damit alles angesprochen, was man an seiner Spielweise gut findet – von seiner Ballbeherrschung über seine Einsatzbereitschaft bis zu seiner Kopfballstärke." „Ein komisches Wort!" „Du brauchst es nicht zu verwenden. – Ich sage ja auch nicht wie du, dass die Zuschauer auf den Stehplätzen im Ronhof ‚Proletarier' sind."

8. Anni, Mike und Robert

Seit der schlimmen Auseinandersetzung mit ihrem Vater traf Anni gründliche Vorsorge, dass ihre Besuche im Grünen Baum weder von ihm noch von ihrem Bruder entdeckt werden konnten. Dennoch belastete sie eine mögliche Entdeckung und trübte die Vorfreude. Ihr war inzwischen klar, die ernst gemeinten Verbote ihres Vaters trotz der dunklen Drohung nicht befolgen zu können. Da sie seit einer Woche mit 21 volljährig war und ohnehin daran gedacht hatte, sich ein eigenes Zimmer zu nehmen, hielt sie die Zeit für gekommen, auszuziehen. Der Wunsch, sich „abzunabeln", wurde erheblich verstärkt durch die zunehmende Polemik gegen alles Amerikanische, in der sich ihr Vater und ihr Bruder gegenseitig hochschaukelten. Diese Situation empfand sie als unerträglich. Glücklicherweise kannte ihre Freundin Kuni einen Hauseigentümer, der ein für sie bezahlbares möbliertes Zimmer in der Nürnberger Straße 180 zu vermieten hatte. Genau an der Stadtgrenze gelegen, war die Wohnung nur wenige hundert Meter von ihrem Arbeitsplatz bei der Quelle entfernt. Vor der Ankündigung ihres Auszuges, den sie besonders mit der Nähe zur Quelle rechtfertigen wollte, wurde ihr erheblich bange. Ohne Krach und Lamentieren würde es sicherlich nicht ablaufen. Sie hatte sich nicht geirrt.

Beim nächsten Treffen erzählte Anni noch nichts über ihre künftige neue Freiheit, stattdessen wollte sie mehr über Mike erfahren. Weil Robert diesmal nicht dabei war, fühlte sie sich befreit. Mike auf sein Verhältnis zu seinem Freund anzusprechen, verschob sie auf einen späteren Zeitpunkt. Dass zwischen den beiden mehr war als nur eine Kumpelei, war ihr bewusst. Heute galt ihr Interesse aber ganz dem „netten Ami" und sei-

ner Familie. Seine Augen glänzten, wenn er von seinem „Großvater" sprach.

Sie hatte sich selbst offen eingestanden, Mike schon jetzt sehr
sympathisch zu finden und wollte nicht ausschließen, dass in
ihrem Gefühlscocktail sogar mehr als Sympathie mit im Spiel
sein könnte. Ihr gefiel nicht nur seine Uniform – er trug zu
dem mittelblauen Jackett mit den vier silbernen Knöpfen immer ein sauberes, weißes Hemd mit dunkelblauer Krawatte –;
sie mochte sein gesamtes Äußeres und war sehr von seiner zurückhaltenden, sensiblen Art angetan. „Wie heißt du eigentlich
mit Nachnamen?" „Frank – auch wenn es sich so anhört wie
ein Vorname." „Ist das nicht ein deutscher Name?" „Da liegst
du nicht falsch. My family is from Germany. What is your full
name?" „Förster. Aber warum sprichst du plötzlich Englisch?"
„Bei allem, was meine Familie angeht, werde ich immer gleich
sentimental. Lass uns lieber über dich reden."

„Wie kommt es, dass du bei Quelle arbeitest?" „Ein Freund
meines Vaters hat sie mir vermittelt. Er war früher Abteilungs-
leiter bei der Quelle-Fahrrad GmbH und kannte meinen Chef
persönlich." „Und seit wann arbeitest du bei Quelle?" „Seit meinem Schulabschluss." Sie überlegte kurz: „Also seit fast sechs
Jahren." „Darf ich fragen, was du dort machst?" „Ich bin im
Büro. Es ist reine Schreibtischarbeit. Ich sortiere die brieflich
oder per Postkarte eingehenden Bestellungen und ordne sie
den entsprechenden Versandabteilungen zu." „Hast du schon
mal überlegt zu wechseln. In den Staaten ist es nicht üblich,
länger die gleiche Arbeit zu machen." „Im Grunde bin ich mit
meiner Tätigkeit zufrieden. Vielleicht später mal." „Wieviel
Stunden bist du damit beschäftigt?"

„Vier Stunden vormittags und vier Stunden nachmittags, mit
einer Mittagspause von dreißig Minuten." „Das ergibt 40 Stunden in der Woche?" „Nein, 45. Samstags arbeite ich noch von
8 bis 13 Uhr."

Mike hatte schon öfter etwas über den sprichwörtlichen Fleiß der Deutschen gelesen, dafür aber noch nie ein so anschauliches Beispiel gehört. Andererseits erinnerte ihn der Name „Quelle" an den nationalsozialistischen Slogan, von dem einer seiner Lehrer – ein entschlossener Nazi-Jäger – erzählt hatte: „Kauft deutsche Waren in dieser deutschen Quelle!"

Sollte er Anni darauf ansprechen? Er kannte die Verstrickungen des Chefs von Quelle, Gustav Schickedanz, wollte aber zunächst darauf verzichten, seine Kenntnisse offenzulegen. Stattdessen wagte er ein erstes Kompliment: „Übrigens: das grüne Kleid mit den weißen Tupfen steht dir ganz ausgezeichnet! Du siehst damit aus wie ein professionelles Model auf dem Titelbild des Quellekatalogs." „Es ist von der Quelle. Aber ich bin kein Mannequin!" Mike war leicht verunsichert. Hätte er den Model-Vergleich lieber lassen sollen? Nach einem Blick auf die Uhr fragte er bewusst förmlich: „Frau Förster, darf ich Sie heute bis nach Hause begleiten?"

Spontan musste sie an ihren Vater denken. Doch dann schüttelte sie diesen Gedanken ab, denn sie wollte Mikes Angebot nicht ausschlagen. Nun war der Zeitpunkt gekommen, von ihrem Umzugsplan zu sprechen. Mike wusste nicht, ob er sich freuen sollte oder nicht. Ihm wurde schlagartig klar, dass eine Aussprache mit Robert nötig wurde, vor der er aber richtig Bammel hatte.

Bis zu ihrem eigenen Zimmer im letzten Haus in der Nürnberger Straße dauerte es von der Gustavstraße zu Fuß eine gute halbe Stunde. Beim kürzlich erledigten Umzug – bei dem nicht viel umzuziehen war – hatte Kuni geholfen. Deren Namen durfte Anni in Gegenwart ihres Vaters nicht mehr erwähnen, weil er glaubte, sie stecke hinter der ganzen Sache mit den GIs. Als sie den Platz vor dem Stadttheater in der Königstraße überquerten, schien ein Schatten hinter ihnen vorbeizuhuschen. „Verfolgt uns jemand?", fragte Mike. Anni musste unwillkürlich an Herbert denken. Sollte er doch hinter ihr her schnüffeln?

Anni wollte lieber nicht zugeben, den Schatten auch bemerkt zu haben. Mike versuchte zaghaft, den Arm um Annis Schulter zu legen. Sie wehrte dies vorsichtig ab – aber doch so bestimmt, dass ein zweiter Versuch unterblieb. „Hier ist die Stadtgrenze", behauptete sie vor dem heruntergekommenen Haus, in dem sie das möblierte, für sie erschwingliche einfache Zimmer gemietet hatte. „Das Etagenbad befindet sich genau gegenüber von meinem Zimmer. Es sind nur fünf Schritte über den Flur." Mike reagierte darauf mit einem eigenen Sinn für Humor: „Ich stelle mir vor, dein Wohn- und Schlafzimmer gehört gerade noch zu Fürth" – dazu zeichnete er mit dem Arm eine virtuelle Grenze an die Hauswand –, „das über den Flur zu erreichende Bad liegt aber schon jenseits der Grenze und damit in Nürnberg. Du wachst also in Fürth auf, um dir dann in Nürnberg die Zähne zu putzen."

Annis verlegenes, mit einem leichten Erröten verbundenes Lächeln inspirierte Mike zu einer Art Bekenntnis: „Dann würde ich für den Anfang gern in Nürnberg auf die Frühaufsteherin aus Fürth warten." Anni verstand dies als verschlüsselte Botschaft über den Anfang einer Beziehung, die sie in ihrer vorgetragenen ‚Anständigkeit' für ihr bisheriges Verhältnis angemessen und in dieser Form sehr schön fand.

Robert hatte im „Grünen Baum" auf Mike gewartet. „Warum kommst du so spät?" fragte er in vorwurfsvollem Ton. Mike erfand eine glaubhafte Ausrede. „Noch ein großes Bier, please!", rief Robert. „Für mich nur ein kleines", fügte Mike hinzu. Als Kuni den vollen und den halbvollen Krug servierte, kam ihr die Stimmung zwischen den beiden irgendwie komisch vor, jedenfalls anders als an jenem ersten Abend, an dem ihr das vertraute Gespräch aufgefallen war. Diesmal konnte sie aber weder etwas von der Unterhaltung mitbekommen, noch von den knappen Lippenbewegungen ablesen. Irgendetwas musste zwischen den beiden vorgefallen sein. Es dauerte nicht lange, bis Robert wütend aufstand, ihr das Geld auf den Tresen warf und das Lokal verließ.

Am nächsten Abend wartete Anni im „Grünen Baum" vergebens auf Mike. Nach einer halben Stunde kam Robert durch die Tür. „Wo ist denn Mike?", erkundigte sich Anni sogleich. Robert ignorierte ihre Frage und wandte sich anderen GIs zu. Sie trat von hinten an ihn heran: „Wo ist Mike?" Betont langsam drehte er sich zu ihr um. „Don't know! Don't ask me, I'm not his big brother!" So rabiat abweisend hatte sie sich Robert nicht vorgestellt. Sie warf Kuni einen enttäuschten Blick zu und trottete nach einem kurzen Wortwechsel mit ihrer Freundin davon.

Anni war überrascht, Mike am frühen Morgen vor ihrem neuen Zuhause zu treffen. Er sah verstört aus. „Was ist los mit dir? Ich habe gestern umsonst auf dich im ‚Grünen Baum' gewartet. Robert war ganz komisch. Ist etwas passiert?" „Ich konnte gestern nicht kommen. Man hat mich vor dem Ausschuss für unamerikanische Umtriebe verhört." „Etwa wegen mir, einer Deutschen?" „Nein. Du warst nicht der Grund. Sie wollten nur wissen, ob ich deinen Namen kenne." „Warum denn dann?"

Erst nach längerem Schweigen flüsterte er: „Eigentlich darf ich nichts darüber sagen: Militärgeheimnis." „Vielleicht hat mein Vater doch Recht gehabt mit seiner Warnung vor den Amis", dachte sie. Nachdem sie ihn aber weiter mit Fragen bedrängte, gab er wenigstens das Notwendigste preis: „Jemand hat mich denunziert, ich hätte mich mit einem Spionageverdächtigen getroffen. Dabei kenne ich den besagten Mann nicht. Aber sie wollten mir nicht glauben."

„Weißt du, wer dich verpfiffen hat?" „Verpfiffen?", Mike war über die versteckte Unterstellung sprachlos: Glaubte sie tatsächlich, er hätte etwas mit Spionage zu tun? Verletzt ließ er sie stehen und rannte davon. „Mike, so hab' ich das nicht gemeint!"

In Mikes Kopf wirbelten die Gedanken herum. Er hatte zwar mit seinem engsten Freund Robert über die Kommunistenverfolgung der McCarthy-Ära gesprochen, aber dass er nun selbst ins Visier solcher Aktionen geriet, war ihm unbegreiflich. Wer hatte ihn bloß diesem fürchterlichen Verdacht ausgesetzt? Völlig verunsichert machte er sich gleich, nachdem er selbst Anni so enttäuscht stehen ließ, auf den Heimweg. Plötzlich fiel ihm ein, dass im Zuge der Aktion sein Spind durchsucht worden sein könnte, in dem er das Tagebuch seines Großvaters verwahrt hatte. Panikartig rannte er, bis er die „William-O.-Darby Barracks" erreicht hatte. Er war glücklich und erleichtert, das Tagebuch unter seinen Sachen zu entdecken. Eine Durchsuchung hatte aber tatsächlich stattgefunden.

Es vergingen zwei ganze Tage. Mike hatte keine Lust auf den „Grünen Baum" und Robert konnte Mikes fast schon depressive Laune nicht mehr ertragen. Er hatte ihm von dem „damned questioning" vor dem „Tribunal" erzählt, aber auf Details verzichtet. Robert spürte schon länger, dass ihre Beziehung wegen Anni in Gefahr war. Aber war er bereit, Mike mit ihr zu teilen, um die Freundschaft zu retten, die beiden so viel bedeutete? Eifersucht kannte er bislang nicht. Aber seine verletzten Gefühle deuteten in diese Richtung. Irgendwie fühlte er seine Identität schwanken.

Nachdem er den wunden Punkt angesprochen hatte, kam es zu einer fürchterlichen Auseinandersetzung, die ihr Verhältnis grundsätzlich veränderte. Am nächsten Tag traf Mike Robert rauchend vor ihrer Baracke. Als er sich ihm näherte, drehte ihm Robert den Rücken zu. „I'd like to show you something", hörte er Mike sagen. Zögernd wandte er sich um und sah, dass Mike schon vorausgeschritten war, in der sicheren Annahme,

Robert würde ihm folgen. „Where do we go?" „Wart' es einfach ab, just follow me!"

Am Main Gate grüßten sie den Wachhabenden „John Dulles". Er grinste über das ganze Gesicht. Sie hörten, wie er hinter ihnen herrief: „Have a nice time, pussies!". Eine der häufigen Gemeinheiten vonseiten ihrer Kameraden. Am Vortag hatte Mike den Stadtplan von Fürth genau studiert. Sein Ziel Hindenburgstraße konnte er nicht auf dem Plan finden, stattdessen war die Rudolf-Breitscheid-Straße verzeichnet. Mike nahm den Weg über die Flößaustraße. Dann bogen sie in die Schwabacher Straße ein. Mehrere Militärlastwagen passierten. Die Fahrer hupten ausgelassen. Als Robert „Grünes Brauhaus" las, dachte er, dies wäre ihr Ziel. Aber Mike unterbrach seinen flotten Gang nicht. Er bog rechts in die Friedrichstraße ein und folgte der Königswarter Straße.

Abrupt blieb er vor der Rudolf-Breitscheid-Straße 29 stehen. Ein stattliches Wohnhaus. Während des ganzen Weges hatte Mike hörbar geschwiegen. Ungeduldig brach es aus Robert heraus: „What's the trouble?" „We are in front of my grandfather's house", flüsterte Mike fast unhörbar. Damit hatte Robert nicht gerechnet. Er wusste zwar, dass Mikes Familie aus Deutschland kam, aber nicht, dass sein Großvater aus Fürth stammte. Mike schien emotional sehr angekratzt und begann sogar, leise zu schluchzen; er musste an seinen geliebten Opa denken, der vor einem Jahr gestorben war, und verbarg sein Gesicht in den Händen. Doch er war unfähig weiter zu sprechen. Robert legte seinen Arm um ihn und zog ihn zum Hauseingang, um unpassendes Aufsehen wegen eines weinenden GIs zu vermeiden. „Tell me more!" – „Not now."

Das nächste Derby fand am 24. Januar 1954 im Nürnberger Zabo statt. „Zabo" war und ist die Abkürzung für den Stadtteil „Zerzabelshof" – für Amerikaner ein Zungenbrecher. Um die Beziehung zu Robert nicht völlig zu gefährden, lud Mike ihn ein, ihn zu begleiten. Unter der Bedingung, nur die Kurzform gebrauchen zu dürfen, kam Robert gern mit – schon um zu sehen, ob die Anzeigetafel in Nürnberg moderner ist als in Fürth. Sie war es nicht. Auch im Zabo wurden die Ziffern von Hand aufgehängt. Am Ende hing vor 27.000 Zuschauern zweimal die „1" nebeneinander.

Weil Mike beim anschließenden Treffen mit Morlock Robert nicht dabeihaben wollte, animierte er ihn, zu den beiden Jugendlichen hinaufzuklettern, die auf einem Podest in etwa drei Metern Höhe für das Ziffernaufhängen zuständig waren. „Lass dir erklären, warum es in Franken so altmodische Anzeigetafeln gibt und dass sie korrekt ‚Spielstandsanzeigetafeln' heißen. Ich bin in zehn Minuten zurück." Mit diesen Worten ließ er Robert stehen.

Mike hatte wieder telefonisch angefragt, ob auch im Zabo ein Treffen nach dem Spiel möglich sei. Max hatte den Anruf entgegengenommen. Er überlegte: „Im Prinzip treffen wir uns genauso wie im Ronhof im Innenraum des Stadions vor der Tribüne." Mike wollte dort die wichtige Frage stellen, die ihn seit seiner Ankunft in Fürth sehr beschäftigte und ihn manche schlaflose Stunde gekostet hatte: Wie könnte er das Tagebuch seines Großvaters , das höchst brisante Aufzeichnungen über die Unterstützung der Nationalsozialisten durch prominente Persönlichkeiten der deutschen Wirtschaftselite enthielt, vor möglichem Zugriff retten? Wegen ihrer problematischen Beziehung wollte er Robert nicht fragen, zumal es auch in seinem Spind nicht absolut sicher war.

Je länger dieser Sprengstoff in seinem Spind lagerte, desto intensiver suchte Mike nach einem anderen Aufbewahrungsort. Seit der Begegnung mit Max Morlok im Fürther Ronhof war er überzeugt, in ihm die Person seines Vertrauens gefunden zu haben. Aber selbstverständlich wollte er erst einmal nach der Bereitschaft fragen, fremde und inhaltlich unbekannte Unterlagen aufzubewahren.

Dieses Mal war es Mike, der mit beiden Händen winkte, als er Morlock erkannte. Da das Remis keinen Ansturm von Autogrammjägern ausgelöst hatte, konnte Mike ohne Umwege zur Sache kommen: „Herr Morlock, könnten Sie sich vorstellen, vertrauliche Unterlagen für mich aufzubewahren, die ich nicht in meiner Kaserne deponieren möchte? Deshalb kommt auch Roberts Spind nicht als Aufbewahrungsort in Betracht." Morlock überlegte kurz und reagierte wie erwartet: „Es ehrt mich, dass Sie mir so vertrauen! Jawohl, das kann ich machen. Ich werde einen sicheren Ort finden." Damit war Mike eine große Sorge los und Robert hatte davon nichts mitbekommen.

Sowohl der Bus vom Zabo zum Hauptbahnhof als auch die Straßenbahn von dort nach Fürth quollen geradezu über mit Anhängern der Spielvereinigung. Wenn Flagge gezeigt wurde, war sie weiß und grün. „Sind die Clubfahnen so wie die Spielkleidung weinrot und schwarz?" wollte Robert wissen. „Mein Vater hat mir erklärt, dass sie rot-weiß sind wie die Farben Frankens". Danach beschränkten sich beide lange Zeit darauf, den Gesprächen der Fußballexperten zuzuhören. Mike gab die Devise vor, gutes von schlechtem Deutsch zu unterscheiden. Als sie hörten, der Ausgleich zum 1:1 sei „ein Mordsschuss" gewesen, erinnerten sie sich an ihre Diskussion über Max Morlock als „Mordsfußballer". „Ich kann ‚Mordsschuss' eher akzeptieren als ‚Mordskerl', weiß aber nicht, woran das liegt", meinte Robert.

9. Anni und die Quelle

Anni ging Mike nicht mehr aus dem Kopf. Immer wieder musste er an sie denken. Er holte ihr Passbild aus seiner Geldbörse, das sie ihm überlassen hatte. Lange ruhte sein Blick auf ihrem Foto, auf dem sie noch längere Haare trug, die ihr über die Schultern fielen. Ihr schelmisches Lächeln entzückte ihn. Er stellte sich vor, wie ihre Augen blitzen konnten und sie dabei die Lippen spitzte. „Wie bei einem Kussmund." Obwohl es sich um ein Schwarz-Weiß-Foto handelte, nahm ihr Gesicht in seiner Phantasie Farbe an.

Was hatte sie mit ihm angerichtet? Der Sergeant, der ihn verhört hatte, nannte sie „die kleine rote Hexe". Fast musste er ihm Recht geben, denn er fühlte sich tatsächlich durch sie wie verhext. „Nein, verwandelt", korrigierte er sich. Mike war sich sicher, dass sie keine Spionageabsichten hatte, die man ihm beim Verhör einzureden versuchte.

Er vertraute auf seine Menschenkenntnis und daher auch ihr. Er konnte sich einfach nicht vorstellen, dass sie zu jenen gehörte, die auf GIs angesetzt waren. Aber er ermahnte sich trotz allem zur Vorsicht. Durch das Verhör wurde er in seinen Gefühlen noch mehr verunsichert. Es reichte schon, dass er auf dieses Frauenfoto starrte. Es vermittelte längst nicht die Frische und Lebendigkeit, die er in ihrer Gegenwart erlebte.

Am nächsten Abend traf er sie doch wieder im „Grünen Baum". Er war diesmal später dran als sonst, weil er wegen seiner Zahnprobleme den Dentisten der Truppe aufgesucht hatte. Dr. Smith wollte durch eine Röntgenaufnahme sicherstellen, ob eine Wurzelbehandlung erforderlich sei.

Kuni hatte weniger zu tun und saß mit Anni an jenem Tisch,

der etwas abseits stand. Fast schüchtern näherte er sich und fragte, ob er sich zu ihnen setzen dürfe. „Hast du deinen Robert nicht dabei?" Kunis ironischer Ton war unüberhörbar. Sie stand auf und raunte: „Dann klärt mal eure Sache." Wieder eine solche Bemerkung, die viel Interpretationsspielraum erlaubte.

„Was meint sie damit?", wollte Mike wissen. „Sie weiß von mir, was passiert ist." „Und was ist passiert?" „Dass ich zu dir von ‚verpfeifen' gesprochen habe und du so überempfindlich reagiert hast. Tut mir wirklich leid, ich wollte dir wirklich nichts unterstellen!" „Dann darf ich dies behalten?", fragte er im Flüsterton, indem er ihr Passbild aus der Jacke zog. Ihr Lächeln zeigte ihm, dass sie verstanden hatte.

Wiederum spürte sie, dass ein Blick auf sie gerichtet war. Nach einer schnellen Kopfwendung drehte sich ein Blonder blitzartig ab. Sie tat so, als hätte sie nichts bemerkt, aber unter dem Tisch berührte sie Mikes Fuß und verdrehte die Augen in Richtung zu dem Fremden. Es fiel Mike auf, dass sie unmotiviert anfing, von ihrer Arbeitskollegin zu sprechen, die Streit mit ihrem Mann habe, weil er in letzter Zeit meist angetrunken nach Hause kam. Sie plapperte immer weiter, sodass Mike nichts zu sagen brauchte. Bei den letzten Worten drehte sie sich zu Kuni und machte das Zeichen zum Bezahlen. Dabei versicherte sie sich, dass der neugierige Blonde verschwunden war. Auch vor der Tür war er nicht zu sehen.

„Wir werden beobachtet", sagte sie leise, aber vernehmlich. „Der Typ ist aber jetzt verschwunden." Mike war seit dem Verhör nicht mehr so arglos wie sonst. Er hatte sich vorgenommen, zukünftig auf der Hut zu sein. „Ich begleite dich nur ein Stück, dann trennen wir uns, o.k.?", schlug er vor. „Falls uns wirklich jemand beschattet, weiß er nicht, wem er dann folgen soll. Ich passe jedenfalls auf!"

Sie öffnete das Fahrradschloss und schob ihr Gefährt neben

sich her. Um auf andere Gedanken zu kommen, begann Anni von ihrer Arbeit zu erzählen. Heute sei sie ihrem Chef begegnet. „Herr Schickedanz kommt jedes Vierteljahr zur persönlichen Überprüfung in die Verwaltung."

„Weißt du eigentlich, wer dein Chef ist?", unterbrach er sie unvermittelt. „Wieso fragst du so komisch?" „Weil ich wahrscheinlich mehr über ihn weiß, als dir bekannt sein dürfte." Anni war perplex. „Da bin ich aber gespannt!", behauptete sie etwas spöttisch. Da Mike aber ein unerwartet ernstes Gesicht machte, forderte sie ihn auf, sein angebliches Geheimnis zu lüften.

„Das ist eine lange Geschichte. Ich erzähle jetzt auf unserem kurzen gemeinsamen Weg nur das Notwendigste. Mein jüdischer Großvater floh zusammen mit der Familie im März 1939 aus Fürth und fand schließlich Zuflucht in Amerika. Die genaueren Umstände erzähle ich dir gern später einmal. Als Klinikdirektor war er aber mit vielen Juden in Fürth und Nürnberg persönlich bekannt."

„Was hat dies mit meinem Chef zu tun?", unterbrach Anni ungeduldig. „Das wollte ich dir gerade erklären. Etliche der wohlhabenden jüdischen Geschäftsleute waren seine Klienten. So beispielsweise auch Ignaz Mayer, dem eine Webereifabrik in Nürnberg gehörte.

Eines Tages betrat ein Herr Schickedanz sein Büro und verlangte von ihm ohne Umschweife den Verkauf seiner Fabrik. Dabei ließ er durchblicken, dass er mit Julius Streicher befreundet sei."

Da Anni nicht erkennen ließ, ob ihr der Name etwas sagte, erklärte Mike ihr die Funktion des früheren SA-Obergruppenführers aus Nürnberg, der als Herausgeber des judenfeindlichen Hetzblattes „Der Stürmer" und als Gauleiter von Franken dafür verantwortlich war, dass Juden besonders im Gau Nürnberg regelrecht ausgeraubt und oft sogar ermordet wurden. Im Nürnberger Kriegsverbrecherprozess wurde er als „Judenhetzer Nummer eins" deswegen zum Tode verurteilt.

„Aber was hat dies mit meinem Chef zu tun?", wiederholte Anni fast schon trotzig. „Um Mayer zu einem Verkauf seiner Weberei unter Wert zu nötigen, drohte Schickedanz unverhohlen mit der Intervention Schleichers. Nur ein Verkauf könne Mayer davor bewahren, im Konzentrationslager zu landen." „Das kann ich wirklich nicht glauben", entfuhr es Anni. „Woher willst du das so genau wissen?", insistierte sie.

„Hab' noch einen Augenblick Geduld. Mayer sah sein Leben in Gefahr, deshalb verkaufte er derart genötigt im Februar 1938 seine Fabrik nebst Waren für nur 1,9 Millionen Reichsmark, womit Schickedanz einen errechneten sogenannten „Entjudungsgewinn" von über 7.190.000 Reichsmark erzielte."

Anni war sprachlos über diese Fakten und die präzisen Kenntnisse Mikes. „Dies ist nur ein Beispiel für die Machenschaften deines Chefs während der Nazi-Zeit", erklärte er. „Jetzt will ich aber wissen, woher du diese gravierende Anschuldigung hast." „Mein Großvater führte damals Tagebuch über diese Ereignisse. Mayer hat es ihm haarklein berichtet. „Wenn wir überleben, muss das an die Öffentlichkeit", sagte er. Vor seinem Tod im letzten Jahr gab mir mein Großvater dieses Tagebuch." „Und wo ist es jetzt, gibt es das noch?", fragte Anni etwas naiv. „Ich habe es mitgenommen, falls ich vor einem deutschen Gericht Beweise brauche. Ich denke auch daran, an die hiesige Presse zu gehen." „Du hast es hier in Fürth?", tönte es ungläubig. „Ja", antwortete er knapp.

Anni war nicht wohl bei dem Gedanken, dass Mike gegen ihren Arbeitgeber irgendwie aktiv werden könnte. Was sollte sie tun? „Weißt du auch, woher der Firmenname Quelle stammt?", setzte Mike unbeirrt fort. „Ich habe mir darüber noch keine Gedanken gemacht. Aber bei Quelle denke ich an sprudelndes Wasser." – „Und weiterhin sprudelnde Gewinne für deinen Chef, damals wie heute ...", ergänzte Mike.

„Du bist voreingenommen und klingst wie ein Linker." „Dann lass dich aufklären." „Ich glaube, mehr will ich im Augenblick gar nicht wissen.", entgegnete sie. „Nur weil er dein Chef ist, musst du dich nicht mit ihm solidarisieren." „Was meinst du damit?" „Was ich dir über ihn erzählt habe, schwärzt ihn an, einen Mann, den du bisher in einem strahlenden Licht gesehen hast, und deshalb weichst du emotional aus verständlichen Gründen zurück. Mir würde es wahrscheinlich ebenso gehen."

Schweigend gingen sie nebeneinander her. Dann blieb sie stehen und sagte: „Was ist noch mit der Quelle?" „Du willst es wirklich wissen?" „Sonst hätte ich nicht gefragt."

„Nun gut. Mit dem Namen verbinden sich zwei Dinge. Weil sein Versandhandel ohne Zwischenhändler auskam, stammten seine Waren immer direkt ‚von der Quelle' des Erzeugers. Dies änderte sich aber, nachdem Hitler am 1. April 1933 zum Boykott jüdischer Geschäfte aufgerufen hatte. Niemand sollte mehr bei Juden kaufen.

Schon eine Woche danach ordnete Schickedanz durch eine notarielle Bestätigung an, dass Quelle ein rein christliches Unternehmen sei und ausschließlich deutsche Waren vertreibe. Dies ließ er auch auf Kataloge aufdrucken. Mein Großvater notierte, dass er einen Katalog mit dem Werbespruch „Kauft deutsche Waren bei dieser arischen Quelle" gesehen hat. Du musst verstehen, was dies für mich als Juden heute noch bedeutet, wenn der Name Quelle solch einen antisemitischen Hintergrund hat."

Anni konnte nicht weitergehen. Wie versteinert verharrte sie eine ganze Weile, die Mike wie eine Ewigkeit vorkam. In irritiertem Ton sagte sie dann: „Aber er hat doch letztes Jahr das

Bundesverdienstkreuz bekommen." „Das ist ja der Skandal!",
rutschte es Mike heraus. Anni sah ihn skeptisch von der Seite
an. Er hatte ihre kleine heile Welt durcheinandergebracht.

„Ist das alles eine Erfindung der Amerikaner oder gar eine
gemeine Rache der Juden?", dachte sie. Unwillkürlich blickte
sie nach hinten. Aber sie konnte niemanden sehen. Inzwischen
waren sie an der Kreuzung Moststraße/Friedrichstraße an-
gelangt. „Hier trennen wir uns sicherheitshalber wie vereinbart, ok?" Mike nickte. Sie schwang sich auf ihr Fahrrad und
ohne Abschiedsgruß fuhr sie los. Mike sah ihr traurig nach. Er
glaubte, sie in der Ferne winken zu sehen.

10. Familie Frank

Als Anni das Verwaltungsgebäude des Quelle-Versands in der Nürnberger Straße 85 nach Dienstschluss verließ, erblickte sie Mike auf der anderen Straßenseite, sie erwartend. Sie passte die vorbeifahrenden Autos ab und eilte dann schnellen Schritts hinüber. Nach kurzer Begrüßung kam sie gleich auf den gestrigen Tag zu sprechen.

„Das Tagebuch von deinem Großvater hat den Glauben an meinen Chef ziemlich erschüttert. Als ich heute früh vor dem Hauptgebäude stand, war es nicht mehr wie vorher", bekannte sie. „Das war nicht meine Absicht, wirklich!", beteuerte Mike. „Bist du überhaupt sicher, dass alles stimmt, was er notiert hat?", wollte sie wissen. „Hundertprozentig. Ganz sicher. Viele Fakten habe ich selber überprüft. Nicht eine hat sich als falsch erwiesen", beteuerte er.

„Ich vermute, dass das, was du mir bisher erzählt hast, noch nicht alles war", sagte sie nach kurzem Schweigen. „Es ist leider so." Anni warf einen schnellen Blick zurück, denn sie hatte wieder dieses Gefühl einer Beschattung. Nur zwei Kolleginnen folgten ihnen in gewissem Abstand. Sie war beruhigt.

„Erzähl mir doch, was mit deinem Großvater damals los war", forderte sie ihn dann auf. „Das ist eine längere Geschichte", erwiderte er abwehrend. „Wir haben doch Zeit, bis wir am „Grünen Baum" sind."

„Mein Großvater Dr. Jakob Frank war ein relativ bekannter Chirurg, nicht nur in Fürth. Er hatte seine erste Praxis gegenüber dem ehemaligen Schulhaus in der Ottostraße. Apropos Schule: Zu seinen Patienten gehörte übrigens auch der Vater von Henry Kissinger, ein Lehrer, bis dieser mit seiner Familie

1937 in die USA emigrierte. Die Familien waren leidlich miteinander bekannt. Zehn Jahre später verlegte Opa seine Praxis in die Hindenburgstraße, die seit Kriegsende aber in Rudolf-Breitscheid-Straße umbenannt wurde."

„Das ist ja gar nicht weit von hier", unterbrach Anni. „Ja, vor kurzem habe ich mir sein Haus angeschaut." Dass er dabei in Begleitung von Robert war, verschwieg er. „Zum Glück ist Fürth ja kaum beschädigt. Auch sein ehemaliges Haus ist noch immer so, wie ich es von Bildern her kenne, die mir Opa gezeigt hat. Wenn du willst, können wir einen kurzen Abstecher an seinem Haus vorbei machen", schlug Mike vor. Dann setzte er seine Erzählung fort.

„Da Opa neben seiner eigenen Praxis noch als Chirurg am Stadtkrankenhaus tätig war, wurde er dort zum Oberarzt ernannt, später zum Chefarzt und dann zum Leiter der neuen Klinik. Die Situation änderte sich schlagartig mit dem Auftreten der Nazis in Fürth. Schon 1930 wurde versucht, meinen Großvater aus seinem Amt zu drängen. Von den Hetzkampagnen 1933 gegen jüdische Geschäfte, durch die Schickedanz profitierte, weißt du ja schon. In diesem Zusammenhang wurde Großvater im März aus dem Dienst entlassen und nach vorübergehender sogenannter Schutzhaft in den Ruhestand versetzt."

„Wie alt war er zu diesem Zeitpunkt?", unterbrach Anni seinen Bericht. „Moment, das muss ich nachrechnen: 1871 geboren, 62 Jahre." „Doch schon so alt", entfuhr es ihr. „Du meinst, er hätte sich den Ruhestand sowieso schon verdient?", knurrte Mike leicht ärgerlich. „So war es nicht gemeint. Erzähl weiter!", bat sie ihn.

„Er konnte zunächst noch in seiner Praxis Privatpatienten behandeln und am jüdischen Krankenhaus arbeiten. Mit den berüchtigten Nürnberger Rassegesetzen vom 15. September 1935 begann dann die rechtliche Diskriminierung und Verfolgung aller Juden in Deutschland. Ab dem 30. September 1938 trat ein Berufsverbot für jüdische Ärzte in Kraft. Auch meinem Großvater wurde die Approbation entzogen." „Was ist Approbation?", unterbrach Anni. „Es ist eine offizielle Genehmigung, als zugelassener Arzt behandeln zu dürfen", erklärte Mike. „Dann konnte er also gar nichts mehr verdienen", folgerte Anni.

„Er bekam nur noch winzige Beträge als ‚Krankenbehandler‘ für ‚jüdische Glaubensgenossen‘. Davon konnte er kaum seine Familie ernähren. Großvater zeigte mir die Mitteilung der Ärztlichen Bezirksvereinigung Erlangen-Fürth, in der es lügnerisch hieß: ‚Dr. Jakob Israel Frank, Fürth Hindenburgstr. 29, hat am 28.11.39 seine Tätigkeit in der jüdischen Behandlungsstelle in Fürth aufgegeben‘. Der wahre Grund für die behauptete ‚Aufgabe‘ ist die Pogromnacht vom 9. zum 10. November 1938." „Das ist doch die ‚Reichskristallnacht‘, wie man sie bei den Nazis nannte!", wusste Anni von ihrem Vater.

„Kurz vor Mitternacht wurde mein Großvater, damals fast 68-jährig, von SS-Leuten abgeholt und zum Schlageterplatz geschafft, dem heutigen Platz der Fürther Freiheit. Er erinnerte sich, dass um etwa halb zwei Uhr nachts sogar jüdische Kinder, kaum richtig angezogen, aus dem Waisenhaus auch auf den Platz getrieben wurden und zusammen mit den anderen Juden, die noch in Fürth lebten, in Eiseskälte strammstehen mussten. Man konnte bis dort die Rauchschwaden von der abgebrannten Synagoge riechen." „Die armen Kinder!", unterbrach Anni seine Rede.

„Gegen sechs Uhr früh wurde Großvater zurück ins jüdische Hospital geschickt, um die ‚Kristallnacht-Verletzten‘ ärztlich zu versorgen. In dieser Nacht wurde ihm nahezu physisch klar, dass er und seine Familie in akuter Lebensgefahr waren, denn er konnte mit eigenen Augen sehen, wie mehrere jüdische Männer in Busse gepfercht und abtransportiert wurden. Vom

Konzentrationslager in Dachau hatte er ja schon von Ignaz Mayer gehört." „Dem Schickedanz mit Konzentrationslager gedroht hatte", wusste Anni noch vom vorherigen Tag.

„Mit Hilfe einiger jüdischer Freunde gelang ihm mit seiner Frau die Flucht nach Schweden. Von dort ging es weiter nach Amerika. Als er vom Schiff aus die Freiheitsstatue im Nebel erkennen konnte – so hat er es mir in bewegenden Worten geschildert – fielen meine Großeltern einander in die Arme, mit Freudentränen in den Augen."

Sichtlich gerührt hatte Anni seinen Worten gelauscht. „Wie geht es weiter?", forderte sie ihn auf. „Sie fanden Unterkunft in New York. Großvater wollte natürlich als Arzt arbeiten, aber seine deutsche Approbation wurde nicht anerkannt. Er fand schließlich nur einen einfachen Job als Krankenpfleger." „Das ist ja demütigend!", seufzte Anni.

„So fühlte er sich auch. Du kannst jetzt verstehen, warum ich Arzt werden will, wenn ich meinen Dienst in Fürth abgeleistet habe." Anni spürte bei diesen Worten Trennungsschmerz. Ihre Gefühle für Mike waren inzwischen tiefer als sie sich bisher hatte eingestehen wollen.

„Lass uns auf schönere Gedanken kommen", sagte sie aufmunternd. Mike erriet ihren Vorschlag: „Ein Bier im Grünen Baum?" Sie lächelte zustimmend. Wegen des schönen Wetters herrschte vor dem Eingang in der Gustavstraße großes Gedränge. „Innen ist mehr Platz", meinte Mike. Bevor sie hineingingen, überprüfte Anni die Menge nach bekannten Gesichtern. Sie setzten sich an „ihren" Tisch in der Ecke, nachdem sie Kuni mit einem „Hallo" begrüßt hatten. Unaufgefordert brachte sie zwei Krüge. Auch wenn im Gastraum weniger Hektik war, konnten sie sich wegen der Lautstärke kaum verständigen. Deshalb rückten sie nah aneinander. Mikes Arm lag auf der Lehne von Annis Stuhl. Plötzlich schlug ihn jemand in seinem Rücken von der Lehne herunter. Annis Vater und ihr Bruder

Herbert standen in drohender Haltung da, beide die Fäuste geballt. Vor Schreck konnte Anni kein Wort herausbringen. Der Alte zischte Mike an: „Komm raus!" Instinktiv sprang Anni auf und stellte sich wortlos vor ihren Freund. „Ich regle das alleine", sagte er, indem er aufstand, Anni auf die Seite schob und sich vor seine Herausforderer postierte. Sie bemerkten, dass er sie um einen Kopf überragte. „Macht bloß keinen Scheiß! Die Amis hier werden euch vermöbeln!" mahnte Anni inständig.

Mike wollte jeden Skandal vermeiden und bewegte sich zur Tür, von beiden verfolgt. Anni rannte ihnen nach. Doch sie kam zu spät. Kaum waren die drei auf der Straße, versetzte Herbert Mike einen Schlag in die Magengrube und die Faust seines Vaters traf den Gebückten am Kinn, sodass er zu Boden fiel. Das Ganze verlief so schnell, dass niemand der Umherstehenden einschreiten konnte. Erst Annis Hilfeschreie erregten genügend Aufmerksamkeit. Bruder und Vater hatten schon eilig die Flucht ergriffen.

Am nächsten Morgen fand Anni in ihrem Briefkasten folgende Warnung: „Entweder er verschwindet, oder wir lassen ihn verschwinden." Sie musste nicht raten, von wem der handgeschriebene Zettel stammte. Es war ihr unbegreiflich, wie weit der Hass ging. Den ganzen Tag musste sie an den Überfall und an die Drohung denken. „Wir werden ein anderes Lokal in Nürnberg finden.", redete sie sich ein.

11. Fremdenführung in Nürnbergs Altstadt

Anni sah keinen anderen Ausweg, als Mike wieder im „Grünen Baum" zu treffen – hoffentlich ohne Begleitung. Sie nahm sich vor, sein Verhältnis zu Robert zu thematisieren. Mit weiblicher Diplomatie begann sie zu fragen: „Warum kommt Robert nicht mehr wie früher?" Mike ahnte, wo diese Frage hinführen sollte und fragte zurück: „Vermisst du wohl seine Gegenwart?" Bevor sie antworten konnte, stellte Kuni schwungvoll zwei Bier auf ihren Tisch, sodass sie überschwappten. Ihr Spürsinn verriet, dass sie in eine heikle Situation hineingeplatzt war. Als hätte sie schon lange darüber nachgedacht, fragte sie Mike spontan: „Hast du eigentlich schon das Reichsparteitagsgelände besichtigt?" Die beiden waren von diesem Vorschlag sichtlich überrumpelt, zugleich löste sich die Spannung. „Mich interessiert das weniger als die Nürnberger Altstadt, die sicher Schöneres zu bieten hat als versteinerte Zeugnisse der Nazidiktatur", entgegnete er gewitzt. Kunis unerwartete Intervention hatte eine Klimaveränderung bewirkt.

Anni freute sich über Mikes Interesse. „Dann sollten wir uns eine Altstadtführung gönnen", schlug sie vor. „Aber ohne Robert!" Beide grinsten übereinstimmend. Das Thema war vom Tisch. Anni sprudelte: „Die beste Freundin meiner Mutter ist ehrenamtliche Fremdenführerin. Sonntag hat sie immer frei. Ich könnte sie aber bitten, uns beiden eine Sonntagsführung anzubieten, beginnend um 12 Uhr mit dem berühmten Männleinlaufen."

„Männleinlaufen?" Mike verstand nicht. „Mittags um zwölf wird eine am Kirchengiebel in Lebensgröße thronende Kaiserfigur von den sieben Kurfürsten umrundet. Diese Touristenattraktion lässt sich aber viel besser erklären, wenn man die

Kunstuhr vor Augen hat, deren Mechanik die Figuren bewegt. Das kann Tante Schuh – so nenne ich sie seit meiner Kindheit, weil sie mich oft und gut betreut hat – besser erklären als ich. Sie freut sich übrigens immer, wenn man mit ihr ins Gespräch kommt und nicht einfach schweigend zuhört. Hast du Interesse?"

„Interesse? Ich verspüre große Lust, mit dir durch Nürnberg zu bummeln!", rief er begeistert. Anni atmete tief durch. Plötzlich erfasste sie neben seinem attraktiven Aussehen auch den schöngeistigen Zug in seinem makellosen Gesicht. Spontan verabredeten sie sich für den kommenden Sonntag zur Stadtführung – weil Anni sicher war, „Tante Schuh" würde nicht „Nein" sagen. Mike wollte Anni gleich morgens von zuhause abholen, doch sie hatte versprochen, ihren „echten" Onkel Hans am Vormittag in Johannis zu besuchen. Deshalb wollten sie sich um „fünf vor zwölf" an der Frauenkirche treffen.

Mike war schon deutlich vor zwölf Uhr auf dem Hauptmarkt, der sich am Sonntag nicht als Markt präsentierte, sondern als leerer Platz. Von Weitem sah er Anni beschwingt auf ihn zukommen. Sie strahlte über das ganze Gesicht. Dass sie in ihrem weißen Sommerkleid mit den roten Punkten, den roten Schuhen und dem roten Täschchen hinreißend aussah, wollte er ihr erst später sagen. Da sie ihm nicht wie erwartet die Hand entgegenstreckte, nahm Mike dies spontan als Zeichen, mit einer kurzen Umarmung einverstanden zu sein. Sie fühlte sich für ihn sehr gut an und Anni schien dieses Gefühl zu erwidern. Noch nie hatte er ihren Körperduft so hautnah atmen können.

Plötzlich hörte er hinter sich: „Ich bin Frau Schuh". Mike hatte den Duft mit geschlossenen Augen genossen und niemanden kommen sehen. Spontan drehte er sich um und sagte freundlich: „Ich bin Mike Frank. Vielen Dank, dass Sie uns so exklusiv durch die Stadt führen." „Das ist wirklich toll von dir, Tante Schuh. Dass mein Vater davon nichts erfahren darf, ist dir aber klar." „Sonnenklar. Er brächte uns alle um, zuerst aber wohl den Amerikaner." Auf Mikes Stirnrunzeln fügte sie hinzu: „Anni hat mir verraten, dass Sie ironiefähig sind." Anni selbst fand die Ironie verfehlt, wenn sie an ihren Vater dachte.

„Lassen Sie mich beginnen: „Die Frauenkirche wurde von Kaiser Karl IV. in Auftrag gegeben. Das Männleinlaufen stiftete er zur Erinnerung an die Goldene Bulle des Jahres 1356." „Heißt es nicht ‚der Bulle'?" flüsterte Mike Anni zu. Weil sie seine Vorliebe für Sprachspiele kannte und mochte, antwortete sie: „Die Erinnerung galt doch keinem Rindvieh, aber hör' jetzt bitte zu!" „Der Name geht auf das goldene Siegel zurück, das an der Urkunde des kaiserlichen Rechtsbuches befestigt war. Es handelte sich um die erste Verfassung im Heiligen Römischen Reich Deutscher Nation. Sie bestimmte, dass jeder erste Reichstag nach einer Königs- oder Kaiserwahl in Nürnberg stattzufinden hatte."

Inzwischen war Bewegung in die Figuren am Westgiebel der Kirche gekommen: Fanfarenbläser, Trommler und Pfeifer traten in Aktion. Dann öffnete sich die Tür zur Linken des Kaisers und die sieben Kurfürsten umrundeten ihn drei Mal. Mit ausgestrecktem Arm erklärte die Fremdenführerin: „Die drei geistlichen Kurfürsten waren die Erzbischöfe aus Mainz, Köln und Trier, die vier weltlichen der König von Böhmen, der Herzog von Sachsen, der Markgraf von Brandenburg sowie der Pfalzgraf bei Rhein." Mike war von der Professionalität der Erklärung beeindruckt, hatte die beiden letztgenannten Herrscher aber schon wieder vergessen – Annis Gegenwart war seiner Konzentration auf die Geschichte nicht gerade förderlich.

„Lassen Sie uns jetzt zur Burg hoch gehen. Bei dem schönen Wetter werden Sie den Blick auf die Stadt genießen." Anni hakte sich bei Mike ein. Eine so bezaubernde Frau am Arm zu haben, war für ihn völlig ungewohnt, doch er begann dieses Gefühl zu genießen. Der Weg führte an vielen Touristenattraktionen vorbei, zu denen jeweils eine kurze Erläuterung gegeben wurde, so gleich bei der nächsten Attraktion mit dem nahtlos geschmiedeten Messingring: „Der ‚Schöne Brunnen‘ mit 40 farbenfrohen Figuren in vier Stockwerken: mit Philosophen, Evangelisten, Kirchenvätern und auch hier den sieben Kurfürsten. Wer an dem Ring dreht, verspricht wiederzukommen.“ Dies empfand Mike als Einladung und während er drehte, konnte er nicht umhin, den Ring als Symbol einer ganz konventionellen Ehe zwischen Mann und Frau zu deuten. Fast erschrak er, als er sich dabei ertappte, diese Deutung mit Anni in Verbindung zu bringen. Wie würde Robert, der eine Beziehung zu einer Frau für „Verrat“ hielt, darauf reagieren?

„Das Alte Rathaus hier zur Rechten zeigt noch, wie schlimm die Kriegsschäden waren. Die einsturzgefährdete Fassade ist wegen der absichernden Gerüste in ihrer schönen Renaissancegestalt kaum zu erkennen. Insgesamt grenzt es aber fast schon an ein Wunder, wie viel in einem Jahrzehnt an Wiederaufbau geleistet wurde.“ Anni nickte: „Trümmergrundstücke gibt es zwar immer noch, sie sind aber die Ausnahme.“ Sie bogen links ab auf den Sebalder Platz.

„Die Sebalduskirche mit dem Heiligen Sebaldus, dem Nürnberger Lokalheiligen über dem Brautportal an der Nordseite und dem Bamberger Dom als Modell seiner Kirche im Arm. Das Kircheninnere heben wir uns für den Rückweg auf.“ Als das Dürer-Denkmal vor ihnen auftauchte, war auch Anni erstaunt, zu hören, was die kulturgeschichtliche Bedeutung des Denkmals ausmachte: „Es ist eines der ersten in Deutschland, das einem Künstler gewidmet wurde, und zwar 1828, zum 300. Todestag Dürers.“

Am „Tiergärtner Tor“ wurde dessen Name erläutert: „Hinter dem Tor lag das Wildgehege des Burggrafen.“ Im Aufstieg zur Burgfreiung („dort genossen Verfolgte im Mittelalter die

Freiheit des Asyls") war Zeit für Erklärungen zur Baugeschichte der stattlichen Burganlage: „Die Königsburg im Osten als ältester Teil, die Kaiserburg im Westen mit Pallas, Heidenturm und Sinwell-Turm als sozusagen mittelalter Teil und der Luginsland mit Kaiserstallung als jüngster Teil."

Beim Blick auf die Stadt hörte Mike fast so etwas wie Stolz auf die Heimatgeschichte heraus, als die passionierte Nürnberg-Führerin dozierte: „Zwischen 1050 und 1571 kamen alle 51 regierenden Reichsoberhäupter hierher in die Burg! Das brachte für die Stadt und die Region big business und hat den Handel, das Handwerk, die Landwirtschaft und die Gaststätten sehr begünstigt. Der Kaiser kam ja stets mit großem Gefolge. Und alle wollten mit allem versorgt sein." Da sie unmittelbar nebeneinanderstanden, war Mike versucht, Anni kurz zu umarmen, aber aufgrund seiner zurückhaltenden Art unterließ er es.

Auf dem Rückweg schaute Anni – wieder Arm in Arm mit Mike – auf die Uhr. „Hast du es eilig?" wollte er wissen. Sie errötete leicht. Schließlich hatte sie nur deshalb nach der Zeit gesehen, weil sie hoffte, das gemeinsame Erlebnis der Stadtführung noch lang fortsetzen zu können. Im lichten, hochgotischen Bauwerk der Sebalduskirche angekommen, wartete ein besonders beeindruckendes Kunstwerk auf sie: „Dieses Bronzegehäuse um einen Reliquienschrein ist das berühmte Sebaldusgrab, ein Meisterwerk des Erzgießers Peter Vischer, 1519 vollendet, ruhend auf vier Delphinen und zwölf Schnecken mit einer Fülle von Renaissancegeschöpfen. Die Schnecken sind Symbole für die Auferstehung. Sie verschließen ihr Haus im Herbst zum Winterschlaf, um im Frühling sozusagen auferstehend herauszukriechen." „Wissen das die Schnecken auch?", witzelte Mike. „Sie haben also nicht nur Sinn für Ironie, sondern auch für Humor."

Vor dem „Epitaph für Probst Lorenz von Tucher", das mit

diesem berühmten Nürnberger Familiennamen vorgestellt wurde, blieb Mike irritiert stehen: „Der Löwenkopf hat doch das Gesicht eines Menschen!" „Sehr aufmerksam. Schauen Sie sich jetzt aber einmal den ‚Fürsten der Welt' von hinten an! Was sagen Sie dazu?" „Scheußlich: ein von Schlangen und Würmern zerfressenes Inneres – das soll ja wohl davor warnen, nur auf die äußere Erscheinung zu achten." Mikes Antwort schien Frau Schuh zu gefallen. Ihm zugewandt bemerkte sie: „Mehr Schein als Sein ist eine Devise, die schon immer besonders von Diktatoren befolgt wurde, finde ich."

Mike erinnerte sich an Annis Aufforderung, mit „Tante Schuh" ins Gespräch zu kommen: „Wie recht Sie haben, sieht man an Hitlers Gestik. Sie war der Versuch, den Schein eines glänzenden Redners zu erzeugen. Genau betrachtet waren seine einstudierten Gesten aber …" – Mike atmete schwer – „lächerlich, wenn die Folgen nicht so tödlich gewesen wären, insbesondere für uns Juden." Alle drei schwiegen betreten.

Nach einer Pause, die er zur Beruhigung seines Atems brauchte, fragte Mike: „Was ist am 9. November 1938 mit der Synagoge in Nürnberg geschehen?" Frau Schuh erklärte: „Die Hauptsynagoge am Hans-Sachs-Platz war von den Nazis schon im August 1938 abgetragen worden. Die Synagoge in der Essenweinstraße wurde dann in der Pogromnacht zerstört."

Um Mike auf andere Gedanken zu bringen, bat Anni ihre „Tante Schuh" am „Ochsenportal" zur Fleischbrücke, die Geschichte des Ochsen zu erzählen, der dort in Stein gehauen dargestellt ist: „Man sagt, wenn er das Zwölfuhrläuten der Frauenkirche hört, steigt er hinunter zur Pegnitz, um zu trinken. Ist das wahr oder falsch?" Der Sprachspieler Mike hatte die Grammatik des Satzes durchschaut: „Wenn er es hört! Dieses ‚Wenn' ist im Englischen kein ‚When', sondern ein ‚If'. Es formuliert eine Bedingung, die bei einem Ochsen aus Stein nicht erfüllt ist. Da er das Läuten nicht hört, ist der Satz jedenfalls nicht falsch."

„Nur ‚nicht falsch'? – wieso ‚nicht richtig'?", fragte die Fragestellerin zurück. „Weil wir nicht wissen, wie er sich verhielte, wenn er das Glockenläuten hörte. Womöglich liefe er zur Beichte in die Frauenkirche." Ein Deutsch-Amerikaner, der beide Muttersprachen so gut beherrschte und über so viel Sprachwitz und Humor verfügte wie Mike, beeindruckte Anni gewaltig. An seiner Seite fühlte sie sich ausgesprochen wohl – trotz der kritischen Blicke, die sie als Rothaarige mit betontem Rot in der Kleidung am Arm eines amerikanischen Soldaten in Uniform immer wieder trafen. Wenn sie ehrlich war, verstärkten die Blicke ihre Bereitschaft sogar, mit Mike eine ernsthafte Liaison einzugehen.

In der Lorenzkirche blieben beide gleich im Eingangsbereich vor einem großen Schwarz-Weiß-Foto stehen, das die Trümmerwüste einer völlig zerstörten Stadt zeigte. „Das ist Nürnberg nach seiner totalen Zerstörung am 2. Januar 1945 – dem Akt einer unmenschlichen Verwüstung, gerichtet gegen die Stadt der Reichsparteitage", erklärte die Exklusivführerin und ergänzte noch: „Die Nachbarstadt Fürth war damals davon nicht betroffen."

Mit einiger Emphase kündigte sie dann an: „Jetzt warten auf uns hier in dieser gleichfalls gotischen Kirche mit ihrem noch lichteren hochgotischen Altar zwei weitere Kunstwerke von Weltrang: der ‚Englische Gruß' und das ‚Sakramentshäuschen'." Dass Mike zurückfragte, war jetzt schon fast zur guten Gewohnheit geworden: „Sagt man im Deutschen wirklich ‚Englischer Gruß' und nicht ‚Engelsgruß'?" Anni blickte erwartungsvoll auf ihre schmunzelnde Tante, die bereitwillig erklärte: „Seit dem Mittelalter wird die Verkündung des Engels Gabriel gegenüber der Jungfrau Maria, den Sohn Gottes zu gebären, ‚Englischer Gruß' genannt, und zwar in der von Ihnen genannten Bedeutung des Engelsgrußes, nicht im Sinne der englischen Sprache." „Schön. Ich bin sehr dafür, traditionelle

Redeweisen nicht krampfhaft modernisieren zu wollen.", bemerkte Mike. Dabei fiel ihm ein, dass die „Mords"-Geschichten noch auf eine Erklärung warteten. Vielleicht konnte nicht Anni selbst, sondern ihre „Tante Schuh" sie geben. Er würde sie nach der Führung fragen.

„Veit Stoß, der das Werk 1518 aus einer Linde des Lorenzer Reichswaldes geschnitzt hat, ist übrigens auf dramatische Weise mit dem Gesetz in Konflikt geraten: Wegen eines gefälschten Schuldscheines wurden ihm vom Henker mit einem glühenden Eisen ein Loch durch beide Backen gebrannt. Dabei hatte er noch Glück mit einer milden Ausführung der Strafe, die nicht wie sonst oft zur Erblindung führte."

Das Sakramentshäuschen erläuterte Annis Nenntante mit besonderer Hingabe: „Der Sandstein, aus dem dieses zwanzig Meter hohe Tabernakel hergestellt wurde, stammt aus meinem Geburtsort Vach bei Fürth. Die gesamte Last des großartigen Werkes, das Szenen aus der Leidensgeschichte Christi darstellt, scheint auf dem Rücken dreier kniender Figuren zu ruhen. Eine davon ist ein Selbstbildnis des Steinmetzmeisters Adam Kraft, der das Kunstwerk in den Jahren 1493 bis 1496 geschaffen hat."

Mike unterbrach wie gewohnt: „Was mir gleich auf den ersten Blick auffiel: Die einzige Farbe in dem weißgrauen Großgebilde findet sich auf den leicht geröteten Lippen und Wangen des Künstlers." „Genau beobachtet! Sie könnten sehr gut als ehrenamtlicher Fremdenführer auftreten. Auch deshalb war mir die Führung ein Vergnügen. Danke, dass du mich darum gebeten hast, Anni."

„Eine Frage hätte ich noch. Sie hat allerdings mit Ihrer Führung, für die wir Ihnen sehr danken, nichts zu tun: Wie erklärt sich die Verwendung des Wortes ‚Mord' in Zusammensetzungen wie ‚Mordskerl' oder ‚Mordsfußballer'?"

„Es handelt sich um einen sehr spezifischen Gebrauch des sogenannten ‚Fugen-s‘: Eine Serie von Assen beim Tennis ist eine ‚Mordsserie‘, eine Serie von Morden dagegen eine ‚Mordserie‘. Das unscheinbare kleine ‚s‘ in der ‚Mordsserie‘ hat dieselbe Steigerungsfunktion wie im ‚Mordskerl‘: Ohne ‚s‘ bedeutet das Wort ‚Mord‘ immer ein Verbrechen, mit ‚s‘ wird es dagegen ausschließlich im übertragenen Sinne gebraucht und bezeichnet den Superlativ des sprachlichen Ausdrucks, dem es vorangestellt wird: den Superschuss, den Superfußballer oder den Superkerl.“

„Toll erklärt, Tante Schuh. Wenn du nur Geschichte und nicht auch noch Germanistik studiert hättest, wäre die Erklärung sicher nicht so überzeugend ausgefallen.“ Mike war inzwischen mit dem Gedanken beschäftigt, wie er verhindern konnte, dass Anni sich bald von ihm verabschieden würde. Spontan kam ihm die Idee, sie zum Abendessen einzuladen. „Kann ich von dir lernen, wie viele der kleinen Nürnberger Bratwürste man bestellen muss, um satt zu werden, ob man dazu Kartoffelsalat oder Kraut bestellt und warum ich immer wieder höre, Senf passe gar nicht?“ „Sehr gerne! Das Bratwurst-Herzle in der Brunnengasse zum Beispiel ist nur einen Steinwurf weit entfernt“, jubilierte sie fröhlich.

Am „Herzle“ angekommen, las Mike „Sonntags Ruhetag“, es brannte aber Licht im Lokal und in der Küche sah man das Flackern der Flammen eines Holzkohlengrills. Als sie den Gastraum mit seinen einladend wirkenden, glattgescheuerten Holztischen betraten, kam eine Kellnerin im rot-weißen Dirndl – „Gut fränkisch gekleidet“ dachte Mike – auf sie zu. „Sie haben Glück, wir haben heute wegen einer Familienfeier geöffnet. Nur der Nebenraum ist geschlossen. Aber hier können sie gern Platz nehmen.“ Sie deutete auf den Ecktisch am Fenster. Anni setzte sich mit dem Rücken zur Brunnengasse, Mike ihr gegenüber. „Wem winkst du?“, wollte sie wissen. „Ein

Mann mit Kapuze hat hereingeschaut – vielleicht, weil er sich wunderte, dass heute geöffnet ist."

Nachdem die freundliche Kellnerin Mikes Fragen nach dem Nürnberger Bratwurstbrauch amüsiert aber geduldig beantwortet hatte, entwickelte er sich im weiteren Gespräch mit Anni zum Wurst-Spezialisten. Gesättigt und durch „zwei Halbe" gestärkt, fasste er sein frisch erworbenes Wissen mit gelöster Zunge zusammen: „Ab zehn Stück werden die über Buchenholz gegrillten Würste (die man niemals ‚Würstchen' nennen darf) nicht auf einem runden Zinnteller serviert, sondern zumindest im „Herzle" auf einem Herz aus Zinn."

Anni bestätigte ihn: „Wie man an deinem Zinnherz und meinem Zinnteller sehen konnte." Mike wiederholte mehr fragend als prahlend: „Die Standardmenge für ein gestandenes Mannsbild beträgt zwölf Würste und zwei Halbe. Als Beilage ist Kartoffelsalat nicht weniger nürnbergisch als Kraut. Anders ist es beim Senf. Wer nach Münchener Weißwurstsenf fragt, wird mit lebenslangem Lokalverbot belegt. Gern gesehen sind Gäste, die jede Art von Senf durch Meerrettich ersetzen und Wert darauf legen, dass es kein Sahnemeerrettich ist, stimmt es so?"

Auf dem Weg zum Hauptbahnhof legte Mike den Arm fest um Annis Schulter. „Ich kann mich nicht entsinnen, je so glücklich gewesen zu sein", fühlte er. Bei Anni mischte sich in ein ebenfalls großes Glücksgefühl erneut das Gefühl, bis kurz vor dem Bahnhof verfolgt worden zu sein. Als sie sich an der Straßenbahnhaltestelle von Mike verabschiedete, schaute sie einer spontanen Eingebung folgend in Richtung Bahnhofshauptportal. Dort verschwand gerade eine Gestalt ins Innere der Halle, die sich unter der Kapuze eines Anoraks zu verstecken versuchte. Sie kannte den Anorak: Es war der ihres Bruders! „Hat er ihr nachspioniert? Sicherlich im Auftrag ihres Vaters. Hat er sie und Mike zusammen im „Herzle" sitzen sehen? Dann wäre er es gewesen, dem Mike zugewinkt hat"

– Ironie einer wahren oder nur befürchteten Geschichte? Ihre beschwingte Stimmung war mit einem Schlag verschwunden. Eine schlimme Befürchtung kam in ihr hoch. Sie bemühte sich, Mike nichts davon spüren zu lassen.

12. Geheime Dienste

Bis zur Rekrutierung im Spätsommer 1953 blieb Robert Proband des MK-Ultra-Projekts. Sein größtes Problem bei der Army bestand in der zukünftigen Beschaffung entsprechender Substanzen. Alkohol war ihm kein Ersatz. Er hoffte trotz ihres fürchterlichen Streits auf Mikes Hilfe, der in Fürth der Sanitätsabteilung zugeordnet war. Auf dem Weg in den „Grünen Baum" kam er ohne Umschweife zur Sache: „Mike, ich halte es ohne Stoff nicht mehr aus! Du musst mir etwas besorgen."

„Kommt nicht in Frage! Du musst davon runterkommen. Ich kann dir nichts besorgen und selbst, wenn ich es könnte …" Roberts Flüche unterbrachen ihn. „Du willst noch mein Freund sein!?" „Glaub mir, gerade als Freund darf und kann ich dir nichts geben!" Robert war verzweifelt. Heftig atmend blieb er stehen. Mike glaubte, dass jetzt Härte und Entschiedenheit angezeigt waren. Er ließ den Verzweifelten stehen und setzte seinen Weg zum „Grünen Baum" fort.

Anni bemerkte, dass Mike nicht völlig präsent war, sondern seinen Gedanken nachhing. Als sie ihn darauf ansprach, gab er zu, dass er mit Robert Probleme habe, aber ihm versprochen hätte, darüber zu schweigen. Sie versuchte ihn aufzuheitern, indem sie die Stadtführung thematisierte. Beide schwelgten in ihren Erinnerungen an diesen gelungenen Tag. Nach einem zweiten Bier machte er ihr verständlich, dass er nach Robert sehen müsse, bevor er einen Blödsinn begehe, der nicht mehr gut zu machen sei. Mike war erleichtert, dass sie Verständnis zeigte. Sie verabredeten sich für den nächsten Tag.

Robert traf erst nach Mitternacht ein. Weil er dadurch die Ausgangsordnung verletzt hatte, erhielt er eine ernsthafte Rüge.

Um die schlafenden Kameraden nicht zu stören, verzichtete Mike auf ein klärendes Wort.

Am nächsten Tag wollte Robert nicht erklären, wo er geblieben war. Er wirkte verhärtet und ablehnend. Als er Mikes versöhnlich gemeinten Arm auf seiner Schulter verspürte, schlug er ihn unwillig weg. „Lass mich, geh doch zu deinem deutschen Flittchen." Dass Robert dieses Wort kannte, verwunderte ihn trotz seiner aufsteigenden Wut. Seit ihrer immer enger werdenden Freundschaft hatten sie sich nie ernsthaft gestritten. Noch in New York hatten sie einander ihre erotischen Empfindungen und sexuellen Bedürfnisse gestanden. Seit der Rekrutierung achteten sie aber sorgsam darauf, dabei nicht entdeckt zu werden. Denn Homosexualität in der Truppe war ein nicht geduldeter Tabubruch.

Die Begegnung mit Anni hatte Mikes Gefühlswelt umgepolt. Mit Anni war alles anders und weitgehend unbekannt. Mit Robert konnte er darüber nicht reden. Natürlich hatte der schon lange bemerkt, welche Wirkung Anni auf Mike entfaltete. Anfangs hatte er noch alle Gefühle für sie abgestritten: „Ich finde sie nett, mehr nicht." Aber schon allein die Tatsache, dass er, Mike, jeden freien Abend in den „Grünen Baum" wollte, fand Robert entlarvend.

Seit diesem Gespräch erwachte in Robert die Hoffnung, dass Anni für Mike nur eine vorübergehende Episode sein würde. Dieses einfach gestrickte Mädchen versprühte zwar eine kindliche Naivität, die auch ihm gefiel, aber intellektuell war er ihr um Meilen überlegen. „Der Tag wird kommen, an dem er sie langweilig finden wird", hoffte er.

In der Nacht lag Mike lang schlaflos im Bett. Die Gedanken an Anni und Robert quälten ihn. Er wusste, dass es kein Dreiergespann geben könnte. Weder Robert und noch weniger Anni wären dazu bereit. „Gibt es wirklich nur ein Entweder – Oder?", fragte er sich immer wieder. Wenn ja, dann musste

er sich entscheiden. Seit er sich seine Gefühle für Anni eingestanden hatte, wusste er, dass er nicht ausschließlich homosexuell veranlagt war. Diese Seite war durch Robert wachgerufen
worden. Nun begann Anni zu rufen. Und er hatte ihren Ruf
vernommen, auch wenn er dies länger nicht zugeben wollte.
„Im Grunde habe ich mich schon entschieden. Und es ist gut
so." Nach diesem Gedanken konnte er einschlafen.

Mike hatte nicht damit gerechnet, wie gemein Robert auf
seine Erklärung reagierte, dass er sich für Anni entschieden
hatte. Er hatte gehofft, Robert als Freund behalten zu können.
Aber Robert war zutiefst gekränkt und fühlte sich verraten. „Sie
wird dein Untergang sein", fluchte er nach langer Hasstirade.

Drei Tage später eskalierte ihre Auseinandersetzung in einer
Erpressung: „Entweder du lieferst mir bis morgen Stoff, oder
ich sage Anni, dass wir homosexuell sind."

Das durfte nicht passieren. Anni war ihm zu wichtig geworden und er wusste, wie sie reagieren würde. Schlagartig kam
ein Verdacht in ihm auf. „Hast etwa du mich denunziert, damit
ich vor das Militär-Tribunal komme?" „Traust du mir wirklich
so etwas zu?", entgegnete Robert rot vor Zorn.

„Es könnte ja von dir erstmal nur als Warnung gemeint gewesen sein. Aber wenn es zutrifft, dass du es warst, ist es völlig aus mit unserer Freundschaft!" Die feindliche Stimmung
schlug fühlbar in Aggression um.

Robert wurde immer unruhiger. Der Entzug hatte zwar keine
physische, aber psychische Wirkung. Der „Grüne Baum" war
plötzlich keine erste Wahl mehr für abendliches und nächtli-
ches Leben. Schon früher fand er auch das Casino in seinen
Barracks attraktiv. Dass in der Regel nur Männer sich dort ver-
gnügten, war für ihn kein Hinderungsgrund. Er bestellte an
der Bar ‚Whisky on the rocks'.

Nicht weit von ihm saß ein Junge mit hellroten Haaren, der

ungefähr sein Alter haben musste. „Mikes Typ", dachte er, indem er dessen Haarfarbe mit Annis roter Mähne verglich. Immer wieder kreuzten sich ihre Blicke. Dann kam der Hellrote in Hörweite. „I can see, you're greedy for harder stuff", nuschelte er in einem Amerikanisch, das Robert den Südstaaten zuordnete. Er stellte sich dumm. „You're pretty nervous. I'm familiar with that." Robert fühlte sich ertappt. Sie verabredeten sich hinter dem Casino.

Der Hellrote zog eine Schachtel Lucky Strike 'raus und bot Robert eine an. Sie rauchten schweigend und betrachteten einander unauffällig. „What do you have?", wollte Robert nach einer Weile wissen. „What do you need?", entgegnete der andere. Er hatte allerlei im Angebot und anderes konnte er vermitteln. Robert wollte nichts für ihn Unbekanntes probieren und fragte nach LSD. Der Hellrote schüttelte den Kopf. Dafür seien andere zuständig, die nicht in der Army sind. Er solle nach Alex fragen, der im Hinterhof bei einer Autowerkstatt Meyer in der Leyher Straße 16 arbeitet. Auch erklärte er ihm den Weg dorthin.

Am nächsten Tag hatte Robert bis 22.00 Uhr Ausgang. Kurz vor 21:00 machte er sich auf den Weg. Er übte im Kopf den Satz auf Deutsch, auf den es ankam. Die Sonne war bereits hinter den Häusern verschwunden, aber es war noch ziemlich hell. In einer Garage war jedoch schon Licht zu sehen. Robert überlegte, ob dies ein Zeichen ist. Hinter dem erleuchteten Fenster konnte er zwei Gestalten ausmachen.

Er öffnete die schwere Tür und fragte: „Ist Alex da?" Ein ölverschmiertes Gesicht hob sich aus einer offenen Motorhaube. „Was willst du?" Robert nannte das Codewort. Wortlos setzte sich das Ölgesicht in Bewegung. Er öffnete einen schmalen Schrank, an dem ein blondes Pin-up Girl ihren drallen Busen präsentierte. Er hatte etwas in der Hand, das in amerikanische Zeitung eingewickelt war. „50 Dollar."

Nach dem Preis hatte Robert sich noch nicht erkundigt. Er hatte mit maximal 5 Dollar gerechnet. „I can't pay that much." Der andere schien verstanden zu haben, denn er sagte: „Was kannst du liefern?" Da Robert ein verdutztes Gesicht zeigte, erklärte ihm der Händler: „Du bist doch bei den Signals!?" Robert zuckte zusammen. „Yes", kam kläglich aus seinem Mund. „Wir brauchen Informationen über Truppenbewegungen in Franken. Wenn du gutes Material lieferst, sinkt der Preis. Und jetzt zieh ab!"

Robert schlurfte niedergeschlagen aus dem Garagenhof und bog nach rechts in die Leyher Straße. „Ich bin erledigt", dachte er. Wie sollte er an die geforderten Informationen kommen? Wer interessiert sich dafür? Aufgrund der Recherchen mit seinem Vater über die McCarthy-Jagd auf überall vermutete Kommunisten und durch sein Studium der „International and Public Affairs" wusste er, dass die Sowjets über Ostberlin viele Spione nach West-Berlin und Westdeutschland eingeschleust und dort weitere angeworben hatten. Nur solche Typen kamen für das Interesse nach ihm in Frage. Sie waren also auch schon in Fürth. Der Kalte Krieg erschien ihm als geheimer Krieg der Spione um die Vorherrschaft über das weltweite atomare Waffenarsenal. Nun war er irgendwie mitten hineingeraten. Gab es noch ein Zurück? Von wem wusste dieser Alex, dass er den Signals zugeteilt war?

Auf dem Rückweg rekapitulierte er die Entwicklung des Kalten Krieges, die ihn zu überrollen drohte. Dadurch versuchte er, einen klaren Kopf zu bekommen. Innere Konflikte mit Verstand zu kontrollieren, hatte sich für ihn bisher immer bewährt. Zum Zwecke der Konfliktbewältigung hatte er die Methode eines inneren Dialogs entwickelt, in dem er für sich selbst alle Argumente zusammenstellte, die ihm eine Entscheidung ermöglichten.

Was die historischen Tatsachen betraf, war er in seiner jetzigen Situation durch sein Studium zu einer differenzierten Bestandsaufnahme in der Lage:

Bis zur Kapitulation Hitler-Deutschlands im Mai 1945 hatte „sein" Amerika mit Alliierten und Russen um den Sieg über einen gemeinsamen Feind gekämpft. Der Abwurf der Atombomben auf Hiroshima und Nagasaki am 6. und 9. August 1945 veränderte die Weltpolitik radikal. Ein Wettlauf um den atomaren Vorsprung setzte ein – und damit zugleich der geheime Krieg der Spione. Der deutsche Physiker Klaus Fuchs hatte die Konstruktionspläne der Trinity-Bombe, an deren Bau er beteiligt war, an die Russen verraten. Zwar sicherte sich sein Land einen weiteren atomaren Vorsprung durch die Entwicklung einer Wasserstoffbombe, die am 31. Oktober 1952 mit einer tausendfach stärkeren Explosionskraft im Vergleich zur allerersten Bombe gezündet wurde, aber nur ein Jahr später zogen die Russen ebenfalls mit einer Wasserstoffbombe nach.

Für Robert war nach diesen Überlegungen klar: Atombombe und Spionage waren miteinander teuflisch verschwistert. Die Kommunistenangst in den Staaten konnte er aufgrund der Spionageerfolge der Russen im Grunde verstehen. Aber die Verleumdungen Andersdenkender, denen auch sein Vater zum Opfer gefallen war, unterhöhlten nach seiner festen politischen Überzeugung jede Demokratie und die Ideale der sogenannten freien Gesellschaft.

Robert wusste, dass er nur ein winziges Rädchen sein würde, wenn er es wagen sollte, für die andere Seite zu spionieren, um seine Sucht zu finanzieren. Ob Mike ihm dabei helfen würde, hing davon ab, welche Bedeutung Anni für ihn hatte. Seine strikte Ablehnung, ihm direkt Stoff zu besorgen, war ihm noch lebendig im Gedächtnis. Er entschied, für sich selbst zu handeln. Je länger er nachdachte, desto mehr diffuse Wut stieg in ihm auf. Er warf sich wütend vor, damals unbekannte Substanzen geschluckt zu haben, um sein Studium zu finanzieren.

Mittlerweise war er sicher, dass schon hinter diesem Projekt die CIA steckte, als deren Opfer er sich nun fühlte. „Sie haben mich abhängig gemacht, diese Schweine! Dafür sollen sie büßen."

Er musste an seinen Vater denken, der keinerlei Chance erhielt, seine Unschuld zu beweisen. Auch er war Opfer einer schmutzigen Kampagne, hinter der letztlich die Regierung stand. Bei diesen Gedanken fühlte er eine unmerkliche Neigung, möglicherweise doch zu spionieren. Spontan drehte er sich um, ob ihm jemand folgte. Er konnte aber nichts Auffälliges feststellen. Hastig holte er eine Zigarette aus der Schachtel und zog den Rauch tief in seine Lunge. Wie gerne hätte er mit Mike über seine Situation geredet. Die ungewohnte, gefühlte Distanz zu seinem Freund schmerzte ihn. Er begann sich wie in einem Film von außen zu sehen, wie er einsam in einem fremden Land eine beliebige Straße entlanglief. Ein Freund-loser Mensch namens Robert Brown.

Bei der Nennung seines Namens fiel ihm Robert Oppenheimer ein. Der geniale Physiker, zuerst als Vater der Atombombe gefeiert, dann schmählich absorbiert, weil er sich geweigert hatte an der Entwicklung der Wasserstoffbombe mitzuwirken. Er hatte die verstrahlten und verbrannten Opfer von Hiroshima und Nagasaki gesehen. Eine noch tödlichere Bombe zu bauen, war ihm aus moralischen Gründen nicht möglich. Wegen seiner Weigerung wurden ihm nicht nur Sympathie für den Kommunismus, sondern auch Landesverrat vorgeworfen.

Im Magazin ‚Foreign Affairs' hatte Robert im Frühjahr 1953 einen Vortrag Oppenheimers gelesen, dass der augenblickliche Vier-Jahres-Vorsprung bei der atomaren Bewaffnung vor der Sowjetunion die USA nicht lange schützen könne. Robert erinnerte sich an den entscheidenden Satz: „Unsere 20.000. Bombe wird ihre 2000. (Bombe) in keiner strategisch bedeutsamen Weise kompensieren." Auf dieses Argument baute Robert seine zunächst rein fiktiv gehaltene Konstruktion eines potenziellen Rechtfertigungsgebäudes für seine mögliche Informationsbeschaffung.

„Wenn wir den Sowjets derart überlegen sind, kann eine so geringfügig bedeutende Weitergabe über Truppenbewegungen in Franken keinen Schaden anrichten", folgerte er. Bei diesem Gedanken spürte er, wie sein Atem ruhiger wurde. Fast entspannt entzündete er eine weitere Zigarette.

Mike hatte Anni vom Grünen Baum bis vor ihr neues Zuhause begleitet. Er bog von der Ritterstraße in die Leyher Straße ein, als er zufällig Robert in einiger Entfernung erblickte. Zuerst wollte er ihn einholen, doch dann besann er sich anders. Er verlangsamte seinen Gang, um den Abstand zu vergrößern. Aus Roberts Körperhaltung und Gangart entnahm er, dass etwas mit ihm nicht stimmte.

Nach einer Weile beschleunigte Robert seinen Schritt, Mike ließ ihn davonziehen. Er behielt seine Entdeckung für sich, nahm sich aber vor, auf Robert aufzupassen.

Zwei Tage später beobachtete Mike, wie Robert aus dem Casino kam und die Military Area durch das Main-Gate verließ. Ohne weitere Überlegung folgte er ihm. An der Schwabacher Straße wandte Robert sich Richtung Innenstadt. Da etliche Kameraden ebenfalls diesen Weg nahmen, fiel Mike als Verfolger nicht auf. An der Kreuzung nach dem Bahntunnel verlor er ihn aus dem Blick, erkannte ihn dann aber kurz vor dem Bahnhofsplatz wieder.

Robert blickte wiederholt auf die Uhr und ging unruhig hin und her. „Immer wenn er nervös ist, beginnt er zu rauchen", dachte Mike, der sich hinter einer Telefonzelle versteckt hielt. Passanten vor dem Bahnhof verstellten ihm gelegentlich den Blick.

Er konnte gerade noch sehen, dass Robert einer unscheinbaren männlichen Person mit Hut etwas zusteckte und mit der anderen Hand etwas in Empfang nahm, das er eilig in seiner Uniformjacke verbarg.

Mike vermutete sofort, dass sein Freund sich illegal Stoff besorgte, nachdem er selbst seine Hilfe abgelehnt hatte. Aber er hätte schwören können, dass Robert kein Geld übergab. Es war etwas anderes. „Verdammt, was macht er bloß, in welche üble Sache ist er da 'reingerutscht?", durchfuhr es ihn. Er hielt seine Deckung, bis Robert wieder links im Tunnel verschwand.

In seinem Zimmer machte er sich wie jeden Tag – wie damals sein Großvater – Aufzeichnungen. Auch diesen Vorfall protokollierte er peinlich genau. Innerhalb von zwei Wochen notierte Mike drei dieser Begegnungen, die er auch per Foto festhielt. Nach seiner zweiten Beschattung wollte er Robert zur Rede stellen, verzichtete dann aber darauf. Er hatte eine andere Idee.

Beide Freunde gingen sich gegenseitig aus dem Weg, wo sie nur konnten. Doch in allerletzter Zeit bemerkte Mike, dass Roberts Nervosität sichtlich zunahm. Seine Ausflüge zum Bahnhofplatz stoppten seit einer Woche, nachdem sein Lieferant nicht mehr erschienen war. Robert machte zuletzt einen verheerenden Eindruck. Beim Anstellen in der Mensa hörte er Roberts Stimme hinter sich „Don't let me down, I'm broken." Sie verabredeten ein Treffen hinter dem Sanitätshaus.

Robert gestand, dass er Informationen für ‚die andere Seite' beschaffte. Es wurde aber immer schwieriger, an solche Daten zu kommen, die er liefern sollte. Zuletzt ging es darum, zu sondieren, wo die USA Haubitzen M 65 stationiert haben, die mit nuklearen Gefechtsköpfen bestückt werden können. „Aber ich habe keinen Zugang gefunden. Top secret. Seitdem bin ich für sie uninteressant. Seit drei Tagen habe ich deswegen keinen Stoff mehr." Er wiederholte seine frühere Drohung: „Entweder du hilfst mir, oder Anni erfährt von unserer Beziehung."

Mike war auf diese Erpressung vorbereitet. Wie gut, dass er

Robert nicht ohnmächtig ausgeliefert war. „Ich habe dich auf deinen Ausflügen zum Bahnhof beschattet und alles notiert. Es gibt auch Bilder von der Übergabe!" Mit diesen Worten ließ er ihn stehen.

Am nächsten Morgen musste Mike entsetzt feststellen, dass sein Spind aufgebrochen war. Unwillkürlich verdächtigte er Robert. Aber sein Tagebuch lag noch am selben Ort unter den Hemden. Hastig überprüfte er, ob alle Seiten vorhanden wären. Nichts fehlte, sogar seine kleine Minox, vermutlich inklusive aller Aufnahmen, war noch da. Wer hatte seinen Spind geöffnet und warum? Schließlich bemerkte er den Verlust des Tagebuchs seines Großvaters. Es überlief ihn siedend heiß. Er kannte nur einen Menschen, der von diesem Tagebuch wusste und auch, wem sein Inhalt gefährlich werden könnte.

13. Vergebliches Warten

Sie hatten sich trotz des schlimmen Vorfalls zur üblichen Zeit im „Grünen Baum" verabredet, weil sie noch keinen anderen Treffpunkt gefunden hatten und beide annahmen, dass die Försters es nicht noch einmal wagen würden. Mike war noch nicht da. Vielleicht kommt er später, weil er nochmals zum Zahnarzt muss, dachte Anni. Sie bestellte ein kleines Bier bei Kunis Kollegin, da Kuni ihren freien Tag hatte. Möglichst unauffällig blickte sie sich um, ob jener Typ im Raum wäre, der sie schon oft fixiert hatte. Glücklicherweise konnte sie ihn nicht entdecken. Aber ein anderer bewegte sich grinsend auf sie zu: „Are you alone, Miss?", fragte er in höflichem Ton. Sie schüttelte schweigend den Kopf. „Some drink, Miss?" Sie zeigte auf das Bier in ihrer Hand. Er deutete eine Verbeugung an und wandte sich ab.

Das gleiche Spiel wiederholte sich zwei Mal in ähnlicher Weise. Ein anderer musste beobachtet haben, dass sie unruhig auf ihre Uhr schaute, denn er sagte „I guess, you're awaiting someone, and he doesn't come, right?" Sie wusste nicht, was sie antworten sollte und zog fragend ihre Schultern nach oben. Der Frager zog daraufhin ab. „Wenn doch bloß Kuni da wäre, dann würde mich keiner belästigen", dachte sie.

Sie suchte einen freien Platz auf der anderen Seite am offenen Fenster. Von hier aus konnte sie das Kommen und Gehen beobachten. Trotz des leichten Nieselregens standen viele GIs rauchend und lärmend vor dem Fenster, sodass sie nur wenig überblicken konnte.

„Draußen zu warten macht die Sache auch nicht besser", dachte sie. Daher beschloss sie, auch ohne Schirm einmal um den Block zu gehen. Da in der Gustavstraße viel Betrieb war, bog sie in die Obere Fischerstraße ein und folgte der Pfarrgasse bis zum Pfarrhaus St. Michael. Als sie die Michaelskirche passierte, kamen einige alte Frauen, die das Abendgebet in der Kirche absolviert hatten, sich bekreuzigend durch die halboffene Kirchentür. Eine stark Gebückte schüttelte den Kopf, als sie Anni wahrnahm. Die ließ sich nicht anmerken, dass sie ihren ungesagten Vorwurf spürte und beschleunigte ihren Gang.

Vorne in der Gustavstraße drängten sich Uniformierte. Sie beeilte sich, an gierigen Blicken vorbeizukommen und ignorierte, dass sie hinter ihr her pfiffen. Vor der Tür des „Grünen Baumes" lümmelten Gelangweilte mit ihrem Bier in der Hand. Auf „Hello Miss!" reagierte sie äußerst unwillig. Sie versuchte, die Rauchschwaden mit dem Blick zu durchdringen in der Hoffnung, endlich Mikes Lächeln zu sehen.

Aber ihre Hoffnung wurde enttäuscht. Er war noch nicht da. Sie fragte Kunis Kollegin, ob Mike aufgetaucht wäre. Aber sie kannte ihn nicht. Nach einer Stunde weiteren lästigen Wartens trat sie den Heimweg an. Sie löste ihr Fahrrad, das sie in der Waaggasse an eine Straßenlaterne gekettet hatte, nahm Schwung und fuhr polternd über die nassen Pflastersteine gen Osten.

Am nächsten Abend hatte Kuni wieder Dienst. Sie bemerkte sofort Annis Gemütslage, als sie durch die Tür kam. „Was ist los?" wollte sie wissen. Anni berichtete von ihrem vergeblichen Warten auf Mike. „Wahrscheinlich hat sich sein Dienstplan geändert; das kommt öfter vor", versuchte Kuni zu beruhigen. „Wenn er heute auch nicht kommt, fragen wir seinen Freund." Aber auch Robert kam an diesem Abend nicht. Anni wollte einfach nicht glauben, dass ihr Vater seine Drohung ernst gemacht hatte. Sie wusste von früher, dass er meist nur gedroht hatte. „Mehr als den Überfall im Grünen Baum wagen sie nicht", versicherte sie sich.

Es verging eine Woche, ohne dass Mike oder Robert im

„Grünen Baum" erschienen. Anni hatte all ihren Mut aufgebracht und verschiedene Armeeangehörige nach Mike und Robert gefragt. Aber keiner von ihnen konnte oder wollte ihr Auskunft geben. In der letzten Nacht träumte sie, dass Mike sie eng umschlungen hielt, als plötzlich eine Tür aufsprang, in der ihr Vater erschien. Mit pochendem Herzen wachte sie auf und begann schluchzend zu heulen.

In der übernächsten Woche versuchte sie es wieder am Ort ihrer ersten Begegnung. Sie erkundigte sich bei möglichen Kollegen Mikes nach dessen Verbleib. „There are many Mikes here in Furth", erklärte ein Lance Corporal. „Mike Frank is his full name", ergänzte sie. „Oh, Mike Frank, yes I know him", versprach ihr Gegenüber. „Do you know where he is?" „Of course, Miss. But what can you do for me?", antwortete er, indem er auf ihren Busen starrte. Anni war nahe daran, ihn zu ohrfeigen, fiel sich jedoch im letzten Augenblick gewissermaßen selbst in den Arm.

Sie wagte nicht zu denken, dass ihr Vater etwas mit dem Verschwinden Mikes zu tun hat. Aber sie brachte auch nicht den Mut auf, ihn um Aufklärung zu bitten und ihr Stolz verbot ihr, in diese Richtung aktiv zu werden. Herbert war sowieso nicht Manns genug, aus eigenem Antrieb zu handeln.

All ihre Anstrengungen, den Grund für Mikes Ausbleiben zu ermitteln, schlugen fehl. Kuni versuchte sie zu trösten, indem sie eine mögliche Versetzung an einen anderen Standort ins Spiel brachte. Aber Anni war sich sicher, dass Mike sie davon in Kenntnis gesetzt hätte. Weil auch Robert nicht mehr in den „Grünen Baum" kam, gab es für sie keinen Grund, an eine Versetzung zu glauben. Kuni schlug schließlich vor, zu zweit in der William-O.-Darby-Kaserne nach Mike zu fragen, weil Anni allein den Mut dazu nicht fand.

Der Diensthabende am Main-Gate grüßte die beiden militärisch und war sehr freundlich. Er erkundigte sich, ob Anni mit

Mike Frank verwandt sei, andernfalls könne er keine Auskunft geben. Anni log, sie sei Mikes Schwester auf Besuch in Fürth bei ihren Verwandten. Der Diensthabende verlangte nach ihrem Pass. Sie habe ihn nicht bei sich, versicherte sie überzeugend.

„Then come back with your passport and we will see." Beiden war sofort klar, dass dieses Manöver nicht erfolgreich sein würde. Einen gefälschten Pass aufzutreiben, war schwierig und zu gefährlich. Ein Vergleich mit dem Register würde offenbaren, dass Mike Frank keine Schwester hat. „Dead end street", kalauerte Kuni. Anni war nicht nach Scherzen zumute.

Am nächsten Tag versuchten sie es beide mit einer anderen Finte, nachdem das Main-Gate mit einem anderen GI besetzt war. Diesmal gab sich Anni als Mikes Verlobte aus. Sie hatte im Wörterbuch nachgeschaut, welchen Titel sie angeben müsste. „Fiancée" erschien ihr nicht wirklich amerikanisch. Daher nannte sie sich Mikes „bride elect". Überraschender Weise schien man ihr zu glauben, denn sie wurde zur Anmeldung vorgelassen. „Bride elect" war vielleicht ein Zauberwort. Aber Anni wurde versichert, dass man Mikes Aufenthaltsort nicht kenne.

„Ich glaube kein Wort", flüsterte die Trostlose beim Verlassen des Militärgeländes. „Ich habe den Eindruck, die verheimlichen etwas." Da Kuni nicht verstand, warum sie von verheimlichen sprach, berichtete sie von ihren Eindrücken einer Beschattung damals beim Heimweg mit Mike. „Irgendetwas ist hier faul und ich werde es herausfinden!", machte sie sich Mut.

In der Nacht träumte sie wieder von Mike. Er fuhr, auf ihrem Fahrrad sitzend, den Frauentorgraben entlang Richtung Nürnberger Hauptbahnhof. Im Traum erkannte sie die Frauentormauer auf der linken Straßenseite ganz deutlich.

Nach dem Erwachen war das Traumbild noch ganz lebendig. Sie hielt es für ein Zeichen.

„Vielleicht erfahre ich bei den Amis in Nürnberg etwas über ihn", mutmaßte sie.

Nach Dienstschluss fuhr sie mit dem Fahrrad zu den Merrell Barracks, die in der ehemaligen SS-Kaserne in der Frankenstraße im Süden Nürnbergs untergebracht waren. Sie versuchte den Trick mit der „bride elect". Man wollte ihr behilflich sein und prüfte das Register auf den Namen Mike Frank. Doch ein solcher sei nicht in Nürnberg gemeldet. Obwohl sie mit einer Antwort dieser Art gerechnet hatte, radelte sie sehr frustriert zurück.

Kuni brachte sie auf die Idee, bei der Polizei nachzufragen. Anni zog ihr rotes Kleid mit den weißen Punkten – natürlich von der „Quelle" – an, weil sie hoffte, durch adrettes Aussehen mehr Unterstützung zu erfahren. Die Polizeistation in der Nürnberger Straße 18 konnte sie von ihrer Wohnung gut zu Fuß erreichen. Ihre neuen schwarzen Schuhe mit den hohen Absätzen war sie nicht gewohnt, sie verlangten eine andere Gangart, die ihr reichlich anstrengend vorkam. Nach kurzer Wartezeit durfte sie den Melderaum betreten. Ein älterer Polizeibeamter blickte sie mürrisch von der anderen Seite der Absperrung wortlos an, ihre Mitteilung erwartend.

„Ich heiße Anni Förster und wohne in der Nürnberger Straße 180. Mein Verlobter ist seit einigen Tagen vermisst. Ich wollte fragen, ob es einen Unfall gegeben hat." „Name?", tönte es barsch. „Anni Huber". „Der mutmaßlich Verletzte!" herrschte er sie an. „Frank, Mike Frank." „Mike? Ist er Deutscher?" „Ja, sein Großvater war Deutscher." „Das interessiert hier nicht. Ob Ihr Verlobter Deutscher ist, will ich wissen." „Er ist, er ist bei der amerikanischen Armee hier in Fürth", stotterte sie.

„Also kein Deutscher. Wenn es einen Unfall gegeben hat, wäre dies der entsprechenden Behörde seiner Dienststelle mitgeteilt worden. Für amerikanische Belange sind wir nicht zuständig. Wenden Sie sich …" „Bei denen war ich schon" unterbrach sie ihn unwillig. „Wollen Sie mich gefälligst ausreden lassen, Fräulein!?", wurde sie belehrt. Er hatte seine dicken dunklen Augenbrauen fast bis zur Stirn hochgezogen und sie mit einem stechenden Blick durchbohrt. In eingeschüchtertem Ton bat sie kurz um Entschuldigung und drehte ab zur Tür.

Draußen fiel ihr ein, dass sie vergessen hatte, ihr verschwundenes Fahrrad zu erwähnen. Die Konzentration darauf stärkte ihr Selbstvertrauen wenigstens wieder so, dass sie den Weg noch einmal nach drinnen wagte. „Soll ich auch den „Überfall" auf Mike in der Gustavstraße anzeigen? Ich muss ja nicht sagen, wer die Täter waren", fiel ihr spontan ein. Aus einem Bauchgefühl heraus verzichtete sich dann aber doch darauf. Sie hatte den Eindruck, dass der Beamte sie jetzt ganz anders betrachtete als vorher. Auch der Ton, in dem er fragte „Wohl etwas vergessen?" war auf einmal ein anderer.

„Ich möchte Anzeige wegen Diebstahls erstatten und hoffe, dass Sie mir dabei helfen." Damit hatte auch sie den richtigen Ton getroffen. So entstand ein perfektes Protokoll, in dem die Marke, das Alter und der Wert des als gestohlen gemeldeten Damenfahrrads festgehalten wurden. „Ich wünsche Ihnen, dass nicht nur Ihr Fahrrad gefunden wird."

So sehr sie sich über diesen Wunsch freute, so sehr erinnerte er sie doch wieder an Mike. Diese gemischten Gefühle machten das Trippeln mit den Stöckelschuhen unerträglich. Sie blieb stehen und schüttelte zuerst den rechten, dann den linken von den Füßen, nahm jeden in eine Hand und rannte los. Außer Atem keuchend stand sie vor ihrer Haustür, hatte Mühe, den Schlüssel ins Schloss zu stecken, eilte die Treppe hoch in den dritten Stock und warf sich schluchzend auf ihr Bett. Das Fahrrad war vergessen, vermisst wurde nur Mike. „Dead end street", dröhnte es in ihrem Kopf.

„So leicht geben wir nicht auf", ermutigte Kuni sie am nächsten Tag. Aus der Tatsache, dass sie sich so für ihre Sache engagierte, schloss Anni, eine echte Freundin zu haben. „Was soll ich denn noch machen? Ich habe doch schon alles probiert", brummte sie kleinlaut. „Wahrscheinlich bleibt dir nichts übrig, als den Überfall, wie du ihn nennst, auf Mike anzuzeigen." riet Kuni. „Das habe ich auch schon überlegt." „Und warum machst du es nicht?" drängte Kuni. „Dann verdächtige ich tatsächlich meinen Vater und Herbert, auch wenn ich sie nicht als Täter anzeige. Das fällt mir einfach zu schwer. Ich kann es nicht glauben!", gab Anni zu. „Du kannst aber wenigstens eine Vermisstenanzeige bei den Fürther Nachrichten aufgeben. Das kostet zwar einige Mark, aber das ist dir Mike doch wert, nehme ich an", schlug Kuni vor.

„Ich habe sogar ein Bild von ihm. Hier, schau!", sagte sie erleichtert, indem sie das Foto aus ihrer Geldbörse zog. Er hat es mir nach unserem Besuch im Nürnberger Herzle gegeben. Beide hefteten ihren Blick auf Mikes Passbild. „Er sieht schon verdammt gut aus", musste Kuni zugeben. „Ich versteh sehr gut, dass es dich erwischt hat", bekannte sie. Anni konnte ihre Tränen nicht zurückhalten. „Hoffentlich ist ihm nichts passiert, ich habe so ein ungutes Gefühl", schluchzte sie. „In der Zeitung stand jedenfalls nichts. Das gibt Grund zur Hoffnung", bemühte sich Kuni.

Nach einem fürchterlichen Albtraum meldete sich Anni am frühen Morgen krank. Sie wusste, dass sie am Vormittag niemand in der Wohnung ihrer Eltern antreffen würde. Den Schlüssel hatte sie noch. Wie ein Dieb schlich sie sich in den Flur und lauschte. Keine Geräusche waren zu hören. Dann ging sie ins elterliche Schlafzimmer, öffnete den Kleiderschrank und streckte sich nach oben, um an das letzte Regal zu kommen. Sie fand nicht sofort, was sie suchte. Aus der Küche holte sie einen Stuhl und stellte ihn vor die offene Schranktür. Jetzt konnte sie sogar das ganze Regal in den Blick nehmen. Zunächst prüfte sie unter den Schals, dann unter den Hemden, schließlich hinter den Handtüchern. Der Revolver lag nicht mehr am früheren Ort.

Die Donnerstagsausgabe der Fürther Nachrichten brachte im Lokalteil Mikes Bild zusammen mit Annis Text. Er war durch die Redaktion etwas verändert worden, aber sie war mit der Änderung zufrieden. „Vermisst" war im Fettdruck zu lesen. „Mike Frank ist seit 12 Tagen spurlos verschwunden. Sachdienliche Mitteilung bitte an die Redaktion", stand in kleiner Schrift darunter. Man hatte ihr empfohlen, keinen Absender anzugeben.

14. Linie 21

Georg Meier war ein Schaffner, wie er Mitte der fünfziger Jahre im Buche stand: eine Respektsperson, die nicht nur die Fahrpreise im Kopf, sondern auch die Fahrgäste im Griff hatte. Selbst die Schüler, die vor 8 Uhr morgens und nach 13 Uhr mittags dichtgedrängt auf „seiner" Linie 21 fuhren und pubertierend „natürlich" über die Stränge schlugen, akzeptierten seine Autorität. „Da vorn wird wieder die Tür blockiert. Ich schmeiß' euch alle 'raus, wenn das nicht endlich aufhört!"

„Der 21er" – wie gesagt die männliche Form der Linienangabe im fränkischen Dialekt – bediente die längste Strecke der Nürnberg-Fürther Straßenbahn: von Herrnhütte im Norden Nürnbergs über Hauptbahnhof und Plärrer bis zur Flößaustraße in Fürth.

In der Regel endete Meiers Schaffnerdienst in der Abendzeit am Hauptbahnhof, einmal in der Woche jedoch als Spätdienst um 23:50 Uhr in Herrnhütte. Wie es für ihn selbstverständlich war, ging er um diese Zeit als letzter durch den langen Großraumwagen, der auf seiner Linie zum Einsatz kam. So hatte er schon einige Schirme, Taschen, Schals und Handschuhe gefunden. Am Donnerstag, 29. Juli 1954, war nichts liegengeblieben, das er ins Fundbüro der Straßenbahn hätte mitnehmen können. Das einzige Fundstück war die Ausgabe der Fürther Nachrichten von diesem Tag.

Üblicherweise warf er Zeitungen in einen der Mülleimer, die an der Endstation bereitstanden. Nach einem zufälligen Blick auf die Titelseite klemmte er das Nachrichtenblatt aus Fürth jedoch unter den Bügel auf dem Gepäckständer seines Fahrrads und fuhr in entspannter Stimmung auf menschenleeren und so gut wie autofreien Straßen über Nordostbahnhof, Rathenauplatz, Hauptbahnhof und durch den Celtis-Tunnel nach Hause in die Pillenreuther Straße.

Da es schon halb eins und Elisabeth bereits im Bett war, legte er die Zeitung zur Frühstückslektüre bereit. Was ihn bewogen hatte, sie mitzunehmen, war die Überschrift: „US-Senat empfiehlt Präsident Eisenhower, Deutschlands Souveränität anzuerkennen".

„Er liest doch die Nürnberger und nicht die Fürther Nachrichten", wunderte sich Elisdabeth, als sie den Frühstückstisch deckte. In der Küche lag noch die Ausgabe der NN vom Vortag – mit derselben Titelseite. „Georg, was ist der Unterschied zwischen den Nürnberger und den Fürther Nachrichten?" „Na, die regionalen Bezüge und die lokalen Berichte."

Er blätterte die Zeitung auf, um diese Unterschiede zu demonstrieren. „Na sowas! Hier ist ein Foto eines amerikanischen Soldaten abgedruckt, der mir bekannt vorkommt." „Lass sehen! Ich kenne ihn nicht. Wird er polizeilich gesucht?" „Nein, der Polizeibericht kommt erst auf der nächsten Seite." „Dann lies doch mal vor, was unter dem Foto steht." „Moment, meine Brille" – „Mike Frank ist seit 12 Tagen spurlos verschwunden."

Georg Meier gingen Gesichter über Gesichter durch den Kopf. In der Reihenfolge seiner Tätigkeiten und Interessen waren es zunächst Fahrgäste seiner Linie 21 und dann Fußballanhänger – namentlich solche, die für sein Idol Max Morlock schwärmten. Erinnerungen an die beiden letzten Spiele zwischen dem Club und der Spielvereinigung wurden wach und formten sich zu Bildern, auf denen Personen Konturen erhielten und mit identifizierbaren Profilen erschienen. „Ich hab's! Der Typ hat sich sowohl im Ronhof als auch im Zabo an Max herangemacht. Hoffentlich hat das nichts mit den Machenschaften des amerikanischen Geheimdienstes zu tun, durch den wir wahrscheinlich abgehört wurden. Ich muss sofort zu Max – und frühstücke später."

Da Max als bekennender Nürnberger kein Leser der Fürther Nachrichten war, wusste er nichts von dem Foto. Er erkannte Mike sofort. „Hoffentlich ist ihm nichts zugestoßen. Er und sein Freund Robert sind zwei sehr sympathische Burschen, die sich für Fußball interessieren, sogar gut Deutsch sprechen und alle Vorurteile über das Verhalten amerikanischer Soldaten widerlegen." Gute Erinnerungen reihten sich in seinen Gedanken aneinander: Das Autogramm im Croydon-Hotel in New York, der Remington-Rasierer im Ronhof und die Vertrauensfrage im Zabo. Letztere erklärte im Rückblick sehr gut, warum Mike „Deutsch-Amerikanische Freundschaft" auf das Kuvert geschrieben hatte. Georg war erleichtert. Sein Geheimdienstverdacht war offensichtlich unbegründet. „Ich nehme noch meine Lucky Strike mit – die für meinen Geschmack ebenfalls ‚gute Amerikaner' sind – und gehe dann frühstücken."

„Hoffentlich hat das Verschwinden von Mike nichts mit dem Einbruch in den Laden und der Blutspur von damals zu tun", räsonierte Max. „Auf jeden Fall werde ich etwas unternehmen, um zu helfen." sagte er sich entschlossen. Er ließ sich von der Telefonvermittlung die Nummer der Fürther Nachrichten geben. Eine junge Stimme war am Apparat. „Grüß Gott, hier spricht Max Morlock. Ich habe Kenntnis von der Vermisstenanzeige in ihrer Zeitung. Ich kenne den Mann. Vielleicht können Sie meine Adresse und Telefonnummer aufnehmen, damit der Fall eventuell aufgeklärt werden kann", sagte er mit fester Stimme.

Da er keine unmittelbare Antwort erhielt fragte er nach: „Hallo, Sind sie noch dran?" „Ja, einen Moment. Ich notiere zuerst die Telefonnummer." „44 10 01", gab er an. „Wie war ihr Name?" „Max Morlock". „Wirklich, deeer Morlock?" fragte sie verwundert. „Ja, der und kein anderer. Meine Adresse ist Pillenreuther Straße 21.

Derjenige, der die Vermisstenanzeige aufgegeben hat, kann

sich ohne weiteres bei mir melden." „Ich werde die Sache unverzüglich weiterleiten", versprach die junge Stimme.

Schon am übernächsten Tag rief Anni an. Auf die Meldung mit „Lotto Morlock" – die Kurzform, die verwendet wurde, wenn der Laden voll war – überfiel sie ihren Gesprächspartner mit einem Wortschwall, der nicht zu unterbrechen war.

„Lieber Herr Morlock! Vielen Dank, dass Sie auf meine Vermisstenanzeige reagiert haben. Endlich habe ich ein wenig Hoffnung. Zunächst hatte ich nicht recht verstanden, was Mike meinte, als er Sie nach dem Treffen im Zabo einen ‚Mordskerl' nannte. Er erklärte es mir dann so: Auf Sie kann er sich verlassen, weil Sie vertrauenswürdig und verschwiegen sind. Einem Mann seines Vertrauens, also Ihnen möchte ich auf keinen Fall irgendwie schaden. Ein solcher Schaden könnte aber entstehen, wenn ich Sie besuche. Denn ich bin mir ganz sicher, dass Mike und ich vom Beginn unserer Beziehung an beobachtet wurden. Mehr möchte ich am Telefon nicht sagen. Bitte seien Sie mir nicht böse. Wann könnten wir uns denn treffen?" Da sie keine Antwort erhielt, fragte sie: „Herr Morlock, sind Sie noch dran?" „Am Apparat ist der Schwiegervater von Max. Ich werde ihm mitteilen, was Sie gesagt haben." Mit diesen Worten legte er auf.

Als Hans Weiß aus dem Hinterzimmer in den Verkaufsraum kam, merkte Max sofort, dass etwas nicht stimmte. Schwiegervater und Schwiegersohn waren durch Annis Anruf zu einer Schicksalsgemeinschaft zusammengeschmiedet worden, die nun zu entscheiden hatte, was mit dem Wissen um das gestohlene Kuvert geschehen sollte: Nachdem Hans das Telefonat im Hinterzimmer so gut wie wörtlich wiedergegeben hatte, waren beide ohne jede Diskussion der Meinung, den Diebstahl des Kuverts anzeigen zu müssen. Denn offenkundig war dessen Inhalt so brisant, dass der amerikanische Geheimdienst sich dafür interessierte – daran hatten sie nach Annis Anruf keine

Zweifel. Und falls es sich um strafrechtlich relevante Informationen handeln sollte, wollten sie sich nicht vorwerfen lassen, an der Verdeckung einer Straftat beteiligt zu sein.

Hans Weiß und Max Morlock erstatteten ihre Anzeige bei der Polizeiwache Süd in der Saarbrückener Straße zur Niederschrift des diensthabenden Beamten. Sie war auf zwei Gegenstände bezogen: ein Kuvert mit der Aufschrift „Deutsch-Amerikanische Freundschaft" mit unbekanntem Inhalt und ein Paar Fußballschuhe Marke Adidas. Auf Nachfrage erklärte Max Morlock die Umstände, unter denen er Mike Frank kennengelernt und zur Person seines Vertrauens geworden war. Das Protokoll hielt dazu fest: „Der Spind in seiner Kaserne erschien dem amerikanischen Soldaten nicht sicher genug, um das Kuvert vor dem Zugriff Dritter zu schützen." Die protokollierte Anzeige wurde am nächsten Tag an die Staatsanwaltschaft Nürnberg-Fürth übersandt.

15. Stollenschuhe

Der Platz vor dem Stadion, in dem die Club-Spiele seit Ende der „Zabo"-Ära 1966 stattfinden, wurde 1995 „Max-Morlock-Platz" genannt. Und seit 1. Juli 2017 heißt das Stadion – endlich! – „Max-Morlock-Stadion". Dieser Name hält die Erinnerung an ein Nürnberger Fußballidol weit über Franken und Bayern hinaus wach.

Im Zuge der Umbenennung des Stadions wurde im Bayerischen Rundfunk der alte Gedanke wieder wach, ein Porträt des „Meisterspielers von Nürnberg" zu produzieren. Der Reporter, der damals Georg Meiers Interviews initiiert, aber nicht zur Sendereife gebracht hatte, war in Rente gegangen. Die Fertigstellung des Morlock-Porträts war nicht etwa durch Zweifel an seiner Berechtigung gescheitert. Der tiefere Grund war das im Münchener Funkhaus kolportierte Gerücht, der „Meisterspieler von Nürnberg" erinnere zu sehr an die „Meistersinger von Nürnberg" und lasse Interventionen seitens der Familie Wagner befürchten. Obwohl dies frei erfunden war, hatte der besagte Reporter bis zuletzt nicht die Courage, das Gerücht zu identifizieren und als solches zu ignorieren.

Sein Nachfolger, ein erfahrener Rundfunkredakteur, hatte nicht das geringste Interesse, sich geschmacklose Gerichte aus Gerüchteküchen servieren zu lassen, brauchte aber einige Zeit, um in die hinterlassenen Bänder mit halbfertigen Produktionen hineinzuhören.

Die größte und freudigste Überraschung erlebte er mit einem Tonband, das die Aufschrift „Die Stollenschuhe des Weltmeisters" trug. Es handelte sich um ein Gespräch, das sein Vorgänger im Herbst 1954 mit Max Morlock geführt hatte.

Anlass war der Streit um die Erfindung der sogenannten Schraubstollen für Fußballschuhe.

Da die Tonqualität sehr schlecht war, wies er seine Sekretärin an, das Gespräch abzuschreiben. Falls es ihm zusagen sollte, wollte er es durch einen Sprecher des Hauses in das Projekt über den „Meisterspieler von Nürnberg" integrieren – zumal seit seinem Dienstantritt die erwähnten Gerüchte mehr und mehr verstummten.

Schon am nächsten Tag lag das sauber abgetippte Gespräch auf seinem Schreibtisch. Gespannt begann er zu lesen: „Herr Morlock, Sie waren der Schütze des Anschlusstores zum 1:2 im Berner Wankdorf-Stadion. Es war der Anfang eines glücklichen Endes. Was ist von der Behauptung zu halten, der Sieg sei auch den sogenannten Schraubstollen zu verdanken gewesen?"

„Beim Anpfiff um 17 Uhr begann es zu regnen. Der Rasen wurde feucht und glatt, der Boden tief. Die Ungarn lagen nach acht Minuten schon mit 2:0 in Führung. Zum Glück gelang uns in der zehnten und neunzehnten Minute der Ausgleich. Aber nun die Antwort auf Ihre Frage: In der Halbzeitpause schraubte unser Zeugwart, Adi Dassler, Regenstollen an unsere Fußballschuhe." „Sie sprechen nicht von Fußballstiefeln?" „Nein, die Zeit der schweren Stiefel war dank der Produkte von Adidas – so hieß die Firma nach ihrem Gründer Adi Dassler – vorbei. Unsere Schuhe waren leicht, hatten einen niedrigen Schaft und eine weiche Vorderkappe."

„Mit den harten Kappen der früheren Stiefel wäre die feine Richtungsänderung, die Sie dem Ball beim Anschlusstor gegeben haben, vielleicht gar nicht möglich gewesen?" „Mein Bruder hat mit gutem Grund von einem ‚Zehenspitzentor' gesprochen. Er kennt den Unterschied zwischen den Kappen der alten ‚Stiefel' und der neuen ‚Schuhe' und hat so für mein Tor einen sehr schönen Namen gefunden." „Aus meiner Zeit als aktiver Fußballer kenne ich das Wort ‚Bauernspitze'." „Das war ein technisch hilfloser Tritt mit der harten Stiefelkappe, den heute niemand mehr sehen möchte."

„Ich habe gelesen, dass die Stiefel der Ungarn durch den Dauerregen ihr Gewicht auf bis zu 1,5 Kilogramm verdoppelt hätten." „Das mag sein. Unsere Schuhe wogen auch nach der Regenpartie lediglich 700 Gramm. Außerdem hatten wir mit den schmalen und langen Metallstollen einen viel besseren Stand. Und die nasse Erde blieb an ihnen nicht hängen, ganz anders als an den genagelten Lederstollen der Ungarn."

„Es gibt eine Metallbaufirma in Mengen, die behauptet, dass ihr Seniorchef alle Stollen eigenhändig passgenau für die Endspiel-Schuhe von Adidas gefeilt habe. „Das wusste ich nicht. Dann sollten wir dem Seniorchef aber nachträglich danken."

„Wie stehen Sie zum Streit über die Frage nach dem Erfinder der Schraubstollen: War es Adi Dassler oder sein Bruder Rudolf?" „Ich halte mich da raus. Für mich zählt nur, dass unser Zeugwart die richtigen Stollen eingeschraubt hat."

„Stimmt es, dass Adi Dassler Ihnen das erste Paar seiner Schraubstollenschuhe geschenkt hat?" „Ja. Er meinte, ich hätte ihn immer darauf hingewiesen, ‚wo der Schuh drückt‘. Und auch die Idee, vom Stiefel mit fest verbundenen Noppen zum Schuh mit auswechselbaren Stollen überzugehen, hätte ich – wie er behauptet – immer unterstützt."

„Ich könnte mir vorstellen, dass die betreffenden Schuhe bei Ihnen zuhause einen Ehrenplatz bekommen haben." „Wenn Sie auch meinen Laden als mein Zuhause bezeichnen, haben Sie Recht. Die Schuhe standen bis zum Endspieltag gut sichtbar in einer Glasvitrine neben der Kasse. Als ich aus Bern zurückkam, waren sie aber leider verschwunden." „Bei allem Verständnis für die Anhänger Ihrer Fußballkunst: Ihre Schuhe zu klauen, geht zu weit!"

„Ich war natürlich sehr verärgert darüber und habe ernsthaft überlegt, den Diebstahl anzuzeigen. Mein Schwiegervater, mit dem zusammen ich unser Ladengeschäft betreibe, hat mir aber davon abgeraten." „Warum denn das? Es war doch sicher ein schmerzlicher Verlust für Sie?"

„Schon. Am Endspielsonntag war die Polizei aber bereits aus einem anderen Grund gerufen worden. Eine Blutspur direkt vor unserem Laden hatte den Verdacht eines Verbrechens ausgelöst. Das hatte für genug Aufsehen gesorgt. Wir hielten es daher für besser, die Sache zunächst auf sich beruhen zu lassen."

„Zunächst? Ist es später zu einer Anzeige gekommen?" „Ja. Mein Schwiegervater und ich haben im Sommer bei der Polizei Strafanzeige erstattet. Ich habe aber seitdem nichts mehr von der Sache gehört."

Damit endete das Gespräch.

16. Pressearbeit

Am Mittwoch, den 17. Juni 1992 stand in den „Nürnberger Nachrichten" eine kurze Notiz zu den Ermittlungen im „Verdachtsfall Bern". Sie hatte folgenden Wortlaut: „Die Polizei sucht Zeugen für den Beweis der Behauptung, am frühen Abend des 4. Juli 1954 sei vor dem Anwesen Pillenreuther Straße 23 in Nürnberg ein Verbrechen geschehen. Zum Zeitpunkt, als das Spiel um die Fußball-Weltmeisterschaft in Bern zu Ende ging, wurden gegen 18:45 Uhr Schüsse gehört. Personen, die dies bestätigen können, werden aufgefordert, sich bei der Staatsanwaltschaft Nürnberg-Fürth in der Fürther Straße 112 zu melden."

Die Staatsanwaltschaft war über ein sogenanntes R-Gespräch (das der Empfänger zu zahlen hatte) aus New York informiert worden, das Max Morlock am 15. Juni 1992 in seinem Ladengeschäft entgegengenommen hatte. Obwohl es nur aus zwei Sätzen bestand, hielt er eine sofortige Information der Staatsanwaltschaft für geboten. Die beiden Sätze lauteten: „Here Robert Brown. Don't forget Mike Frank!" Eine Wiederaufnahme der Ermittlungen erschien danach unbedingt erforderlich – auch wenn seit dem Weltmeister-Sonntag 38 Jahre vergangen waren.

Im Anwesen Pillenreuther Straße 23 gab es nur eine Mietpartei, die seit Anfang der fünfziger Jahre dort wohnte: das Rentner-Ehepaar Willi und Käthe Trautmann. Die noch sehr agile Ehefrau hatte wie immer die Zeitung schon vor dem Frühstück gelesen. Als ihr etwas älterer, aber ebenfalls rüstiger Mann aus dem Bad kam, lagen die Nürnberger Nachrichten nicht wie gewohnt sorgfältig gefaltet auf dem Tisch links neben der Serviette („Rechts liegt mir nicht"), sondern aufgeschlagen auf dem für das Frühstücksbrötchen bereitgestellten Teller. „Bevor du dein Brötchen aufschneidest, lies bitte die Notiz, die ich mit Bleistift eingekreist habe."

Willi Trautmann war pensionierter Versicherungsangestellter. Im Innendienst der Nürnberger Versicherung („Schutz und Sicherheit im Zeichen der Burg") hatte er sich darauf spezialisiert, Versicherungsbetrügern auf die Spur zu kommen. Unter den Kollegen war er deshalb „Kommissar Trautmann" genannt worden. Der Aufruf der Staatsanwaltschaft weckte seinen seit der Pensionierung schlafenden Aufklärungsinstinkt: „Bei diesem Verbrechen kann es sich nur um einen Mord handeln." „Wie kommst du darauf?" „Nur Mord verjährt nicht, für alle anderen Delikte wäre in den fast vierzig Jahren, die seit 1954 vergangen sind, Verjährung eingetreten."

Käthe Trautmann war immer stolz darauf gewesen, wenn „Kommissar Trautmann" einen Betrugsfall aufgeklärt hatte. Jetzt sah sie die Gelegenheit, seine „Kommissarslogik" – ein Wort, das den Stolz auf ihren Ehemann bündelte – zu unterstützen. „Dann sollten wir gemeinsam dazu beitragen, den Mord aufzuklären."

Binnen weniger Sekunden war aus dem Verdacht eines Verbrechens die Tatsache eines Mordes geworden. Gleichzeitig verspürten beide Eheleute den geradezu leidenschaftlichen Wunsch, eine mörderische Tat aufzuklären, die sie nun allen Ernstes als feststehendes Faktum behandelten. So begann eine Art Wettlauf um die beste Form, in der ihre Erinnerung an den Endspiel-Abend zur Zeugenaussage werden konnte. „Wir saßen vor unserem alten Radio, das wir einige Jahre später gegen eine Fernsehtruhe eingetauscht haben." „Käthe, das stimmt zwar, ist für unsere Zeugenaussage aber ohne Bedeutung." „Wir müssen ja wohl beide bezeugen, etwas gesehen oder gehört zu haben, damit die Staatsanwaltschaft dies als Aussage verwerten kann."

„Wieso beide?" „Du hast doch oft von Versicherungsfällen

erzählt, die du nach dem Motto bearbeitet hast: ‚Durch zweier Zeugen Mund wird allerwegs die Wahrheit kund‘ – oder hab ich das falsch verstanden?" „In der Bibel steht, eine Sache werde festgestellt ‚durch zweier oder dreier Zeugen Mund‘." „Wir brauchen also noch einen dritten Zeugen?"

„Moment, erst müssen wir uns einigen, was wir aussagen wollen." „Haben wir etwas gesehen?", fragte Käthe mit der Bereitschaft, sich die Antwort ihres Mannes zu eigen zu machen. „Bitte erinnere dich: Im Haus gegenüber hat Frau Meier ihren Wuschelkopf aus dem Fenster gestreckt und sich umgeschaut. Dazu muss sie einen Anlass gehabt haben", kombinierte er seiner Frau vor. „Wir haben auf der Straße aber niemanden gesehen und du, Willi, hast das damit erklärt, dass alle noch vor dem Radio sitzen."

„Wir haben gesehen, wie diese Frau etwas Verdächtiges gehört hat, das sie veranlasste, aus dem Fenster zu schauen." Da war sie wieder: die „Kommissarslogik" des großen Aufklärers der Nürnberger Versicherungsgruppe. Käthe Trautmann konnte gar nicht anders, als daraus einen „logischen Schluss" zu ziehen: „Sie muss die Schüsse gehört haben, nach denen die Staatsanwaltschaft fragt."

„So ist es. Und genau diese Beobachtung werden wir bei der Staatsanwaltschaft zu Protokoll geben. Um die innere Logik unserer Aussage in Ruhe überdenken zu können, möchte ich aber noch eine Nacht darüber schlafen." „Und morgen ist mit Fronleichnam ein Feiertag, an dem auch Staatsanwälte keinen Dienst haben." „Also nehmen wir uns den Freitag für unseren Besuch im Gebäude der Staatsanwaltschaft vor."

Dr. Sebastian Hirschfelder, der diensthabende Staatsanwalt in der Fürther Straße 110, nahm zunächst die Personalien auf. Dann ermahnte er die beiden Zeugen zur Wahrheit und nahm als ihre gemeinsame Aussage zu Protokoll, was sie am 4. Juli 1954 gegen 18:45 Uhr gesehen hatten: „Frau Meier im Haus gegenüber unserer Wohnung in der Pillenreuther Straße 23 hat die Schüsse gehört, nach denen die Staatsanwaltschaft fragt." Juristisch war diese Aussage natürlich nichts wert. Das behielt er aus Respekt gegenüber dem Alter der beiden Zeugen aber für sich.

Dr. Hirschfelder war mit einer Dissertation zum Thema „Der Zeuge vom Hörensagen" promoviert worden. Angesichts dieser akademischen Herkunft konnte er bei der nächsten Pressekonferenz der Versuchung nicht widerstehen, die Aussage der Trautmanns – selbstverständlich ohne Namensnennung – in ironisierender Weise lächerlich zu machen: „Es gibt auch Zeugen, die behaupten, sehen zu können, was andere hören. Man könnte sie ‚Zeugen vom Hörensehen' nennen." Auf Nachfrage des Gerichtsreporters der „Abendzeitung-8-Uhr-Blatt" (AZ) bestätigte er, dass eine solche Zeugenaussage für die Schüsse im Berner Verdachtsfall vorliege. Er hätte wissen müssen, dass eine ironische Bemerkung nicht immer als solche erkannt und fälschlich für wahr gehalten wird.

In der Samstagsausgabe der AZ vom 27. Juni 1992 war unter der Überschrift „Neues im Berner Fall" zu lesen: „Zeugen haben bestätigt, am 4. Juli 1954 gegen 18:45 Uhr Schüsse gehört zu haben, die auf einen Mord hindeuten." Die Zeitung werde über die weitere Entwicklung im „Berner Mordfall" berichten. Das unterstellte Faktum der Trautmanns war damit für die Leser der AZ zu einer gedruckten Tatsache geworden. Noch deutlicher wurde die Boulevardzeitung am 29. Juni: Die fette Schlagzeile auf der ersten Seite lautete: „Mord am Weltmeister-Sonntag".

Das dritte in Nürnberg erscheinende Blatt neben den Nürnberger Nachrichten und der Abendzeitung war die Nürnberger Zeitung. Als eine der ältesten Tageszeitungen Deutschlands schon im Jahre 1804 gegründet, erschien sie seit 1951 mit dem Untertitel „Fränkischer Kurier" in erkennbar konservativer

Ausrichtung. Das galt nicht nur für Berichte und Kommentare zu politischen Themen, sondern auch für Informationen über Lokalereignisse. Was viele Abonnenten der Nürnberger Nachrichten schätzten, war die gründliche Berichterstattung über Straftaten. In der dafür zuständigen Redaktion löste die Festlegung auf „Mord" daher großes Befremden aus. „Wir sollten diese Spekulation zum Anlass nehmen, unseren Lesern vorzuführen, wie gediegene journalistische Arbeit aussieht", lautete die Vorgabe des Ressortleiters in der Redaktionskonferenz.

„Wer übernimmt den Fall?" Alle in der Runde schauten auf Horst Hübner, einen angesehenen Journalisten und Publizisten, der als freier Mitarbeiter für die NN tätig war. „Ich werde mich zunächst nach dem Stand der Ermittlungen bei der Staatsanwaltschaft erkundigen." Staatsanwalt Dr. Hirschfelder schätzte die journalistische Arbeit Hübners. Er war deshalb gern zu einem Gespräch bereit. Es fand am Nachmittag des 29. Juni 1992 statt. Für beide Seiten – die gehalten sind, bei der Unterrichtung der Öffentlichkeit über Straf- und Bußgeldverfahren zusammenzuarbeiten – ging es darum, an die Stelle der bisher verbreiteten Gerüchte einen wahrheitsgemäßen Bericht über die tatsächliche Aktenlage zu setzen.

Der Bericht in den Nürnberger Nachrichten erschien am Mittwoch, 1. Juli 1992, unter der Überschrift „Aufklärungsbedarf nach 38 Jahren". In einer kurzen Einleitung bekundete Hübner sein Interesse, „das in Teilen der Presse als Mordfall bezeichnete Geschehen vom Sonntag, 4. Juli 1954, aufzuklären." Es folgten die Details seiner Aufklärungsarbeit: „Eine Zeugin will gegen 18:45 Uhr in der Pillenreuther Straße einen Schuss gehört und eine Limousine gesehen haben, die zunächst als Cadillac, dann aber als Mercedes-Benz bezeichnet wurde. Die Staatsanwaltschaft hält die Festlegung auf eine bestimmte Automarke für unglaubhaft. Dagegen konnten die von der Zeugin und ihrem Ehemann vorgefundenen Blutstropfen durch kriminaltechnische Untersuchungen als Spuren von Menschenblut identifiziert werden. Welche Bedeutung das Damenfahrrad hat, das vor dem Laden liegen geblieben war, kann derzeit nicht beurteilt werden."

„Die wichtigsten Indizien, die auf ein Verbrechen hindeuten, sind bisher noch nicht in die Öffentlichkeit gelangt. In der Holzwand eines Regals im Hinterzimmer des Lottoladens steckte das Projektil einer Patrone, das eine eindeutige Zuordnung zu einer Waffe des Herstellers Smith and Wesson erlaubt: zu einem Revolver, den die US-Army unter der Bezeichnung M 1917 (Jahr der Erstzulassung) schon im Ersten Weltkrieg benutzte und der bis Mitte der 1950er Jahre als Dienstwaffe Verwendung fand. Das von der Spurensicherung der Kriminalpolizei vorgefundene Projektil war ein Bleigeschoss des Kalibers 45, das im Jahr 1954 keiner anderen Handfeuerwaffe zugeordnet werden konnte. Den Verdacht, dass mit dieser Waffe ein Mensch getötet wurde und der Täter ein Mitglied der amerikanischen Streitkräfte gewesen sein könnte, wollte der zuständige Staatsanwalt nicht kommentieren."

„Auf die Frage, ob im Falle eines Tötungsdelikts am Ort der Tat Blutspuren hätten gefunden werden müssen, lautete die lapidare Antwort: Ein Kopfschuss führt unter Umständen zunächst zu keinerlei Blutverlust. Und die Schleifspuren auf dem Linoleumboden des Hinterzimmers, die der Beamte der Spurensicherung zu Protokoll gegeben hat, könnten – so der Staatsanwalt weiter – durchaus auf den Abtransport eines leblosen Körpers hindeuten. Auch eine Bestätigung dieses Verdachts durch die Blutstropfen vor dem Laden sei durchaus denkbar."

Am Ende des Berichts zog Hübner ein ausdrücklich als „persönliche Meinung" gekennzeichnetes Fazit: „Der Verdacht, dass ein Verbrechen begangen wurde, bei dem eine Dienstwaffe der US-Army zum Einsatz kam, gibt dem Fall eine politische Dimension. Sie wird verstärkt durch die Tatsache, dass im Kalten Krieg zwischen Amerika und der Sowjetunion geheimdienstliche Aktivitäten an der Tagesordnung waren. Deshalb ist nicht auszuschließen, dass der amerikanische Geheimdienst in den Fall verwickelt und der Fall deshalb kein kleiner Lokalfall ist. Eine Übernahme der Ermittlungen durch das Bayerische Landeskriminalamt – das auch für weitere kriminaltechnische Untersuchungen die richtige Adresse wäre – hielte ich für eine angemessene Reaktion darauf. Horst Hübner, freier Journalist."

17. Mord ohne Leiche?

Der Leiter der Außenstelle des Bayerischen Landeskriminalamts in Nürnberg las Hübners Beitrag in der Nürnberger Zeitung nicht nur mit Interesse, sondern auch mit Zustimmung. Das Projektil aus einer Dienstwaffe der amerikanischen Armee legte die Übernahme der Ermittlungen durch seine Behörde in der Tat nahe. Zunächst hatte er daran gedacht, eine Sonderkommission einzusetzen. Aufgrund seiner langjährigen Erfahrung mit Kommissionen – in denen die Verantwortung zum Nachteil der Aufklärungsarbeit oft zwischen den Beteiligten hin- und hergeschoben wurde – zog er es jedoch vor, den findigsten Kriminalisten seines Hauses von allen anderen Dienstpflichten zu befreien und ihm die alleinige Aufgabe der Nachermittlung zu übertragen.

Er stellte Heinz Gruber gern mit dem Zusatz „nomen est omen" vor und setzte dann kalauernd jeweils hinzu: „Bisher grub er immer so lang, bis der Fall aufgeklärt war." Der durchaus wohlwollend gebrauchte Spitzname für dieses behördenintern bekannte, von den Kollegen mehr oder weniger neidvoll anerkannte Graben eines erfolgreichen Ermittlers war „der Maulwurf". Gegenüber denjenigen, die diesen Namen zum ersten Mal hörten, pflegte Gruber selbstironisch zu sagen: „Ob der Erfolg ermittlungstechnischer Maulwurfsarbeit damit in einem zoologisch korrekten Vergleich erfasst wird, sei dahingestellt."

Grubers erste Amtshandlung war ein Anruf bei der Staatsanwaltschaft Nürnberg-Fürth. Er verlangte nach „Herrn Staatsanwalt Dr. Hirschfelder", hatte sich aber vorgenommen, in seiner direkten Anrede auf den Doktortitel zu verzichten. Schließlich war sein Amt eine übergeordnete bayerische Behörde. „Hier

Gruber vom Landeskriminalamt. Herr Hirschfelder, es geht um das unaufgeklärte Verbrechen am Weltmeister-Sonntag 1954, über das die Nürnberger Zeitung letzte Woche berichtet hat." „Ich nehme an, Sie haben die Ermittlungen übernommen und erwarten die sofortige Übersendung der Akten?"

Das klang nicht gerade nach kollegialer Zusammenarbeit, war Gruber aber recht, weil er ohnehin lieber auf eigene Faust ermittelte. „Ich schicke Ihnen die Verfügung meines Behördenleiters und Sie bringen bitte die Akten auf den Weg?" „Es ist aber nur ein schmaler Ordner, den unsere Fahrbereitschaft Ihnen morgen früh ausliefern kann." „Danke, solange werde ich mich gedulden können."

Blatt 1 der chronologisch geordneten Akte mit der Aufschrift „4. Juli 1954" war eine kurze Notiz eines früheren Mitarbeiters seiner Behörde vom 6. Juli 1954: „Um 8 Uhr und zehn Minuten erreicht mich ein Anruf des Herrn Georg Meier aus der Pillenreuther Straße 18 mit der Bitte, eine von mir am Vortag um 9 Uhr telefonisch entgegengenommene Strafanzeige in einem Punkt zu korrigieren: Der von ihm und seiner Ehefrau Elisabeth zunächst als mögliches Täterfahrzeug angegebene Wagen der Marke Cadillac möge durch einen Mercedes-Benz 300 ersetzt werden. Ich kam dieser Bitte nach, fügte meinem Protokoll für die Staatsanwaltschaft aber eine Aktennotiz desselben Wortlauts wie hier bei."

Gruber blätterte kurz weiter; die Notiz fand sich am Ende des Protokolls auf Blatt 3 hinter einer Erklärung des Staatsanwalts Büchner, die Festlegung auf eine bestimmte Automarke sei unglaubhaft.

Gruber wusste aus Erfahrung, dass widersprüchliche Erklärungen von Zeugen eher die Regel als die Ausnahme sind. Er hatte aber oft auch Recht gehabt mit der Vermutung, dass eine Einflussnahme von außen die Ursache war. In einigen Fällen hatte er sogar Erpressung nachweisen können. Deshalb wies er die Mitarbeiter des Ermittlungsdienstes an, die Vernehmungs-fähigkeit der Zeugen Georg und Elisabeth Meier festzustellen – die inzwischen ein Lebensalter von Mitte sechzig erreicht hatten – und im Falle eines bejahenden Befundes zu einer Ein-vernahme durch ihn zu laden.

In der Strafanzeige auf Blatt 2 und 3 der Akte fand er nichts, was ihn zu weitergehenden Nachforschungen veranlassen konnte: Vor dem Lottoladen Max Morlocks war eine Blutspur entdeckt worden, zu der sich ebenso ein Protokoll der krimi-nalpolizeilichen Spurensicherung in der Akte fand wie zu der offenen Seitentür in der Wendlerstraße 1. Kurz und bündig hieß es, das Schloss sei „völlig unbeschädigt" gewesen.

Blatt 4 der Akte enthielt eine Strafanzeige einer Frau Anni Förster vom 28. Juli 1954, aufgenommen von der Polizeiinspektion Fürth in der Nürnberger Straße. Als Verlust wurde protokolliert ein Damenfahrrad der „Triumph-Werke Nürnberg" in der Farbe rostrot mit einer Reifengröße von 28 Zoll des Baujahres 1953, im Erstgebrauch seit dem Kauf beim Hersteller im Frühjahr 1954. Bemerkenswert fand Gruber den für eine Strafanzeige ungewöhnlichen Hinweis: „Das als gestohlen gemeldete Fahrrad wurde gelegentlich Herrn Frank, einem Mitglied der amerikanischen Streitkräfte in Fürth zum Gebrauch überlassen." Einer spontanen Eingebung folgend schlug er die letzte Seite des nur neun Blatt umfassenden Ordners auf. Auf der Innenseite des Umschlags war mit einer Heftklammer ein Ausriss der Fürther Nachrichten vom 29. Juli befestigt. Er zeigte das Foto eines gewissen Mike Frank im Rahmen einer Annonce der Anzeigenerstatterin.

Der Verdacht, der sich daraus für Gruber ergab, lag auf der Hand: Das Verschwinden der Person könnte mit dem Verlust des Fahrrads in einem unmittelbaren Zusammenhang gestan-den haben. Vielleicht war das Fahrrad zuletzt von Mike Frank gefahren worden. Sollte er – was Gruber inzwischen als Aufklärungshypothese unterstellte – dem Verbrechen einer Entführung oder eines Tötungsdelikts zum Opfer gefallen sein, könnte das Wiederauffinden des Fahrrads ein starkes Indiz für ein entsprechendes Verbrechen sein.

Gruber blätterte zurück: Auf Blatt 3 des Ordners hieß es in der Anzeige des Ehepaars Meier. „Auf dem Gehsteig vor dem Anwesen Pillenreuther Straße 23 lag ein Damenfahrrad." Er ärgerte sich über die dilettantische Arbeit seiner Kollegen bei der Polizei und der Staatsanwaltschaft: Marke, Farbe und Reifengröße des Fahrrads fehlten. Er griff zum Telefon, wählte „Herrn Hirschfelder" direkt an und bat ihn um Nachschau in der Asservatenkammer der Staatsanwaltschaft, ob sich dort ein Damenfahrrad der Marke Triumph befände …"

„Farbe rostrot?" „Wie kommen Sie darauf?" „Ich war gestern mit meinen Referendaren dort und habe am Beispiel dieses Fahrrads – mit 28-Zoll-Reifen – die Funktion der Produkte und Instrumente des Verbrechens in der Asservatenkammer erklärt." „Ein willkommener Zufall!" Damit stand zweifelsfrei fest: Das am vermuteten Tatort aufgefundene Fahrrad gehörte Anni Förster. Da es nach ihren Angaben gelegentlich Mike Frank zum Gebrauch überlassen wurde, war nicht auszuschließen, dass es am Weltmeister-Sonntag von ihm gefahren worden war. Auch hier lautete die Weisung an den ermittlungstechnischen Dienst: Feststellung der Vernehmungsfähigkeit der Zeugin Anni Förster und gegebenenfalls Ladung.

Blatt 5 war das Protokoll einer Strafanzeige der Herren Max Morlock und Hans Weiß vom 30. Juli 1954, aufgenommen von der Polizeiwache Süd in der Saarbrückener Straße in Nürnberg. Als gestohlen waren gemeldet worden: „Ein Kuvert mit der Aufschrift ‚Deutsch-Amerikanische Freundschaft' und ein Paar Fußballschuhe". Auf letztere konnte Gruber – der für Fußball nichts übrighatte – sich keinen Reim machen. Und die Aufschrift auf dem gestohlenen Kuvert ergab zwei verschiedene Reime auf eine „Deutsch-Amerikanische Freundschaft" zwischen Anni Förster und Mike Frank: Falls er mit ihrem Fahrrad in der Pillenreuther Straße gewesen sein sollte, würde ihn der Schuss aus einer amerikanischen Dienstwaffe entweder zum Täter machen oder zum Opfer – je nachdem, ob es sich um seine Waffe handelte oder nicht. Diese Alternative stand Gruber klar vor Augen. Ob das gestohlene Kuvert eine Entscheidung der Täter-Opfer-Frage erlaubt hätte, blieb dagegen völlig unklar.

Blatt 6 bis 8 enthielten Einzelheiten kriminaltechnischer Untersuchungen des in einem Holzregal sichergestellten Projektils. Nach sorgfältiger Lektüre stand für Gruber fest, was in Hübners Zeitungsbericht im Ergebnis bereits präzise dargestellt worden war: Es handelte sich um ein Bleigeschoss des Kalibers 45, das einem Revolver der Marke Smith and Wesson M1917 zuzuordnen war. Ein Blatt bestand aus einer schriftlichen Bestätigung des damaligen Kommandeurs der William-O.-Darby Barracks, dass der betreffende Revolver 1954 als Dienstwaffe auch der in Fürth stationierten Soldaten Verwendung fand.

Die Unterschrift des Kommandeurs – eines Offiziers im Rang eines Brigadier-Generals – veranlasste Gruber, kurz über den einen Stern des Betreffenden im Vergleich zu Viersternegeneralen nachzudenken, dann aber ernsthaft über ein förmliches Amtshilfeersuchen: Was konnte die aktuelle Leitung der Kaserne zur Aufklärung des wiederaufgenommenen Falles beitragen? Zwar hatte man von einem möglichen Truppenabzug gehört, die Kaserne war aber noch nicht aufgelöst. Gruber diktierte das Ersuchen um Amtshilfe und konzentrierte es auf die Fragen nach dem Verbleib des möglichen Fahrradnutzers Mike Frank und des Anrufers aus New York namens Robert Brown.

Nach zehn Tagen kam die Antwort: Mike Frank war offiziell als vermisst gemeldet – was Gruber aufgrund seiner Aktenkenntnis nicht verwunderte. Überrascht war er aber von der Auskunft über Robert Brown: Er war wegen eines Drogendelikts – Besitz geringer Mengen LSD – zu drei Monaten Haft verurteilt worden, die er vom 1. September bis zum 30. November 1954 im Militärgefängnis der Johnson Barracks in Fürth verbüßte. Sein Militärdienst in Deutschland endete am 30. August 1955. Es war also durchaus denkbar, dass der Anruf aus New York, der die Wiederaufnahme der Ermittlungen in Gang gesetzt hatte, von ihm stammte. „Don't forget Mike Frank!" war dagegen eine rätselhafte Telefonbotschaft aus Übersee. Beides war auf Blatt 9 des schmalen Ordners in einer Aktennotiz der Staatsanwaltschaft über die „Information durch Herrn Morlock" vom 15. Juni 1992 festgehalten.

Die Vernehmung des Ehepaars Georg und Elisabeth Meier fand am Freitag, 17. Juli statt. Ihr Alter (er 67, sie 63) war für Gruber kein Grund, die Zeugen mit Samthandschuhen anzufassen. Im Gegenteil: Er überfiel sie mit der Behauptung, um ihre Erpressung zu wissen. Der Überfall war erfolgreich: „Wir wurden tatsächlich erpresst und haben deshalb unsere Festlegung auf einen Cadillac widerrufen", gab Georg zu, bevor Betti – die so schnell nichts zugegeben hätte – sich zu Wort melden konnte. „Unabhängig von der Frage, wie Ihre Falschaussage strafrechtlich zu beurteilen wäre, ist sie jedenfalls verjährt. Womit sie die wiederaufgenommenen Ermittlungen allerdings unterstützen können, ist heute eine wahrheitsgemäße Aussage." Jetzt war Betti schneller: „Wir beide können beschwören, einen lindgrünen Cadillac gesehen zu haben, ich gegen 18:45 Uhr, mein Mann etwa um 19:30 Uhr." „Ich glaube Ihnen das auch ohne Schwur – und wünsche noch einen guten Heimweg."

Die Nachforschungen über den Verbleib von Anni Förster nahmen längere Zeit in Anspruch, weil sie geheiratet, den Namen ihres Mannes angenommen und Fürth verlassen hatte. Nachdem ihr Wohnort Würzburg gefunden war, ergab die Nachfrage beim dortigen Einwohnermeldeamt, dass „Anni Schuster, geborene Förster" am 3. Oktober 1990 verstorben war – am Tag der Wiedervereinigung – im Alter von 57 Jahren.

Grubers Hoffnung, der Staatsanwaltschaft hinreichend viele beweiskräftige Indizien vorlegen zu können, die einen Mordprozess ohne Leiche und eine entsprechende Anklageerhebung hätten rechtfertigen können, hatte sich nicht erfüllt. Verärgert erklärte er „Herrn Hirschmann" am Telefon, dass die Ermittlungen bis auf weiteres abgeschlossen seien, ein hinreichender Tatverdacht für eine Anklage wegen Mordes jedoch zum gegenwärtigen Zeitpunkt nicht bestehe.

18. Fund auf der Fürther Hardhöhe

Fast zwölf Monate waren vergangen, seit die Fürther Firma Uwecks ihre Baugenehmigung für die neu geplante Produktionshalle in der Siemensstraße beantragt hatte. Der unerwartete Erfolg mit den neuen Skibrillen berechtigte zu einer Vergrößerung der Produktion.

Am Vormittag des 21. August 1991 durchforstete Reinhold Fuchs, Geschäftsführer der Fa. Uwecks, die Post. Hastig riss er das breite Kuvert mit dem Absender der Unteren Bauaufsichtsbehörde des Landratsamtes Fürth auf. „Endlich haben wir die Genehmigung!", rief er seiner Sekretärin zu. „Stellen Sie bitte gleich ein Gespräch mit Schmitz von Riedel-Bau her. Es muss jetzt schnell gehen." Aber Fuchs sah sich zu weiterer Geduld genötigt, denn die Baufirma für den Erdaushub war bis Ende August in Betriebsferien. „Können nicht wenigstens die Geräte noch bis Freitag hergeschafft werden, damit gleich am 1. September mit dem Aushub begonnen werden kann?", bedrängte er seinen Gesprächspartner Wieland Schmitz, den er im Hotel Ambach am Kalterer See erreichte. „Versprechen kann ich nichts, aber vielleicht kann ich es möglich machen." Die zehn Bodenproben hatten ergeben, dass das Erdreich nicht kontaminiert und deshalb keine Sonderbehandlung notwendig war.

Mit Befriedigung verfolgte Fuchs am Freitag, den 30. August, wie ein Deutz-Schlepper den großen Komatsu-Bagger von 120 Tonnen auf das Gelände in der Siemensstraße zog. Am Montag traf der erfahrene Baggerführer Herbert Metzger mit zwei weiteren Arbeitern, die er im LKW mitbrachte, schon um 7 Uhr ein. Um 9 Uhr war der erste Aushub schon zum Abtransport verladen, während gleichzeitig ein weiterer leerer Wagen eintraf. „Bis Ende der Woche könnten wir fertig sein, weil wir bisher nicht auf felsigen Boden gestoßen sind", erklärte Metzger auf Nachfrage des Geschäftsführers Fuchs.

Am Donnerstag strahlte die Sonne von einem herrlich blauen Himmel. „Schade, dass der Urlaub schon vorbei ist", dachte Metzger, sich an die vielen Regentage erinnernd, an denen er nicht mit seinen Kindern ins Freibad gehen konnte. Durch die Frontscheibe seines „Digger", wie er sein Gerät liebevoll nannte, blinkte etwas in ca. zwei Meter Tiefe. „Fritz, schau mal was da vorne liegt", bat er seinen Kollegen, um nicht aussteigen zu müssen. „Nur zerbrochenes Glas, aber wart' mal, ich glaub' da schaut auch 'was Rostiges heraus." Metzger ahnte, was er durch Zufall nicht berührt hatte. „Bleib stehen, nicht weitergehen!" schrie er so laut er konnte.

Seine Ferienlaune war mit einem Mal vorbei. Schwerfällig stieg er aus dem „Digger" und rutschte an der Seite in die Grube. Äußerst vorsichtig näherte er sich dem rostigen Fund, der nur knapp zehn Zentimeter aus dem Erdreich ragte. „So ein Sauglück!", fluchte er. „Schau, dass du 'raus kommst!", rief er Fritz zu und beide stiegen die Leiter hinauf, die Fritz auf der Vorderseite der Grube angelegt hatte. „Hol' mir das Walkie-Talkie vorne aus der Ablage heraus," bat er den jüngeren Fritz forsch. „Hier Metzger, Herr Fuchs, wir haben ein Problem. Bitte überzeugen Sie sich selbst."

Um 15.10 Uhr nahm Polizeimeisteranwärterin Karin Stühler in der Kapellenstraße den Notruf entgegen. „Wir sind auf eine Bombe gestoßen", dröhnte es aus der Muschel. „Wo soll das sein?" „Siemensstraße 16 auf der Hardhöhe".

Die Hardhöhe war im zweiten Weltkrieg wegen BBF (Bachmann, von Bachmann & Co. Flugzeugbau), der ehemaligen Firma „Bayerische Waggon- und Flugzeugwerke", bevorzugtes Angriffsziel, das alliierte Flugzeuge bombardierten. Durch die letzten Angriffe am 26. November 1944 und am 8. April 1945 wurde das gesamte Areal durch Brand- und Sprengbomben total zerstört. Schon öfter waren deshalb auf der Hardhöhe Blindgänger gefunden worden. Daher war Herbert Metzger nicht völlig über den „glücklichen Fund" überrascht.

Frau Stühler gab die Meldung unverzüglich an ihren Vorgesetzten weiter, der alle erforderlichen Maßnahmen einleitete. Zuerst verständigte er den Kampfmittelräumdienst in Nürnberg. Schon nach fünf Minuten ertönten die ersten Lautsprecherdurchsagen in der unmittelbaren Umgebung des Fundortes, die zum Verlassen des Gebietes aufforderten. Das Ordnungsamt veranlasste die Evakuierung von Personen, die nicht selbständig die Wohnung verlassen konnten. Feuerwehr, Technisches Hilfswerk und das Bayerische Rote Kreuz rückten an. Beamte der Bereitschaftspolizei gingen von Tür zu Tür, um zu überprüfen, wer sich noch in der Gefahrenzone im Radius von 500 Metern vom Fundort aufhielt.

Gegen 17 Uhr traf Sprengmeister Nüßlein mit zwei Spezialisten ein. Mit Schaufeln legten sie behutsam den Sprengkörper frei, um an den Zündmechanismus zu kommen. Mit Erleichterung erkannte Nüßlein, dass keine Sprengung notwendig war. Es gelang ihm problemlos, den Zünder herauszudrehen. Durch einen erhobenen Daumen signalisierte er, dass die Entschärfung geglückt war. Zu dritt versuchten die Sprengleute das 250 Kilogramm schwere Objekt zu bewegen, damit es aus der Grube transportiert werden konnte.

„Wir haben noch nicht gewonnen", erklärte Nüßlein dem herbeigeeilten Geschäftsführer. „Es könnte durchaus sein, dass sich auf dem Gelände noch ein oder mehrere weitere Blindgänger befinden." „Heißt das, dass Sie die Baustelle noch nicht freigeben können?", fragte Fuchs ungläubig. „Sie haben mich richtig verstanden. Aber die Evakuierung kann vorläufig aufgehoben werden. Morgen sondieren wir das Gelände mit empfindlichen Messinstrumenten, die auf Kobalt, Nickel oder Eisen reagieren."

Gegen neun Uhr begann Nüßlein und Kollegen in drei Meter Radien das Gelände zu sondieren. Schon beim sechsten Versuch schlug das Messgerät an. „Ich nehme an, dass es keine Bombe ist, denn dann hätte das Gerät stärker reagiert", erläuterte der Sprengmeister. Mit Schaufeln schoben sie das Erdreich vorsichtig beiseite und vertieften dann die betreffende Stelle. Sie legten einen verrosteten Eisenträger frei, der zur Hälfte noch im Boden steckte.

Dann hatte Eugen Bichler vom Sprengkommando einen Knochen auf der Schaufel. „Heiliger Bimbam!", fluchte er. „Schaut mal, was ich gefunden habe!", rief er die anderen herbei. Mit vereinten Kräften förderten sie weitere Knochenstücke und zwei halb verrottete Stiefel zu Tage. Zuletzt fand Nüßlein einen Schädel. Er war gewohnt, mit Relikten des Krieges umzugehen, hatte aber das ungute Gefühl, das Beweisstück eines Kapitalverbrechens in der Hand zu halten. Deshalb verständigte er die Polizei.

Norbert Schmidtlein von der Spurensicherung konnte ein menschliches Skelett zusammenstellen. Nach präziserer Untersuchung wurden außer den Stiefeln vier silberne Knöpfe sichergestellt. Hauptkommissar Horst Bauer hatte bereits ermittelt, dass schon früher Skelette auf dem ehemaligen Gelände der BBF, die durch Bombenabwürfe ums Leben gekommen, identifiziert und geborgen worden waren. Wer war dieser Tote?

Bei genauerer Untersuchung und Säuberung des Schädels machte Schmidtlein eine überraschende Entdeckung. In der mittleren Frontalzone des Stirnbeins erkannte er ein ca. neun Millimeter großes rundes Loch. Neugierig drehte er den Schädel um 180 Grad. Tatsächlich, im oberen Hinterhauptbein zum Schädeldach führend befand sich ein ebenso großes Loch. „Dieser Mensch ist mit Sicherheit keines natürlichen Todes gestorben", folgerte er. Ansonsten wies der Schädel keine weiteren Verletzungen auf. Nach dem Gebiss zu urteilen, schätzte er das Alter des Toten auf Mitte zwanzig Jahre. „Durch eine Knochenanalyse wird dies noch genauer zu bestimmen sein", dachte er. Deshalb ordnete er an, das Skelett zusammen mit den Stiefeln ins Labor bringen zu lassen.

Auch die „Nürnberger Nachrichten" vom Mittwoch, 3. September berichteten über den „Leichenfund" auf der Fürther Hardhöhe, obwohl nur ein Skelett gefunden wurde. Die beiden Löcher im Schädel des Toten fanden keine Erwähnung. Die „Fürther Nachrichten" zitierten einen Satz des Polizeisprechers „Wenn wir wissen, wer der Tote ist, können wir auch seinen Mörder ermitteln." In diesem Zusammenhang bat er um eventuelle Mitteilungen, die für die Aufklärung nützlich sein könnten.

Am gleichen Tag stellte Gruber die bisherigen Ermittlungsergebnisse zusammen. Der Schädel wies keine weiteren Spuren einer Gewalteinwirkung auf. Die Knochenanalyse bestätigte das Alter von 25 Jahren. Stiefel und Knöpfe konnten eindeutig als Teile einer Armee-Uniform einfacher US-Soldaten bestimmt werden. Dann war da noch das in Morlocks Lottoladen sichergestellte Projektil Kaliber 45, abgefeuert von einem amerikanischen Armeerevolver. „Die Indizien legen eine Tat zwischen Armeeangehörigen nahe", folgerte Gruber. „Ich könnte wetten, dass der Tote jener als vermisst gemeldete Mike Frank ist."

Gruber sollte Recht behalten. Ein Vergleich des Zahnstandes mit der Röntgenaufnahme des Kiefers, den Sanitätsarzt Dr. Smith am 22. Juni 1954 veranlasst hatte, ermöglichte die zweifelsfreie Identifizierung des Toten als Mike Frank.

Natürlich kannte Gruber den Satz des Fürther Polizeisprechers, über den er sich schon beim Lesen geärgert hatte. „Jetzt kennen wir zwar den Toten, aber wir wissen deshalb noch lange nicht, wer sein Mörder ist", rief er im Geist dem angeberischen Sprecher entgegen.

19. Morlocks Anstoß

In den letzten Jahren war Max Morlock nicht mehr täglich in seinem Lottoladen, den er seit einiger Zeit zusammen mit seinem Schwiegersohn Hans-Lothar führte. Meistens half er an den Samstagen bis 14 Uhr aus. Am 4. Juli 1992 war Hans-Lothar mit seiner jüngeren Tochter Brigitte zu einem großen Ball in der Meistersingerhalle eingeladen. „Du musst unbedingt noch vorher zum Friseur", lautete ihr freundlicher Befehl am Mittagstisch. Doch am Freitag war kein Termin mehr frei. Einen anderen Friseur wollte er nicht aufsuchen. „Ich kann Sie nur morgen um 10:00 Uhr drannehmen, weil gerade ein Kunde abgesagt hat", erklärte Fräulein Evi vom Salon Welle, die ihn immer persönlich frisierte. „Da wird Max sauer sein. Samstags ist immer ein hektischer Lotto-Tag", überlegte er. „Gut, den Termin nehme ich", erwiderte Hans-Lothar kurz.

Tatsächlich war am Samstag wie so oft viel Betrieb. Max freute sich zwar über treue Kundschaft, doch viele Menschen aus der Gegend um die Pillenreuther Straße kannten ihn nicht mehr als den ehemaligen Weltmeister. Auf das Bild hinter dem Verkaufstisch, das ihn zusammen mit der Weltmeistschafts-Elf zeigte, blickte kaum jemand. Ob sie ihn mit seinen inzwischen ergrauten Haaren überhaupt als den jungen Kerl auf dem Foto identifizieren könnten, war ihm fast schon gleichgültig. Der Ruhm war in seinem Gedächtnis gut aufgehoben.

Nachdem der erste Ansturm vorbei war, gönnte er sich einen Schluck Milchkaffee aus der Thermoskanne. Er hatte kurz Gelegenheit, den Verkehr auf der Straße zu beobachten. Ein älterer Mann mit Hut und schwarzem Anzug, der vor dem Laden-Fenster die wenigen Auslagen anschaute, fiel ihm auf. „Früher war man besser angezogen", erinnerte er sich. In dem

Augenblick, als er eine weitere Tasse eingießen wollte, betrat der Herr den Laden. „Good morning, Mister Max." Eine ähnliche Begrüßung hatte er schon lange nicht mehr vernommen. Überrascht blickte er auf. „Do you remember me?", fragte der Fremde, indem er seinen Hut abnahm. Max war so viel des Englischen mächtig, dass er ihn verstand. Er blickte in ein verhärmtes, von tiefen Falten durchfurchtes Gesicht. Max stand vor einem Rätsel. Wortlos standen sie einander gegenüber.

Dann durchbrach der Fremde das Schweigen. „Vierter Juli 54." „Der Weltmeister-Sonntag" übersetzte Max. Da sich die Tür öffnete, zog der Fremde eilig ein Kuvert aus der Anzugjacke und legte es auf den Tisch, indem er kaum vernehmlich flüsterte „I'm Robert." Dann verließ er, ohne sich umzudrehen, den Raum und verschwand. Völlig verwirrt verbarg Max das braune Kuvert unter dem Ladentisch, um sich dann dem neuen Kunden zuzuwenden. Geistesabwesend griff er nach den geforderten Eckstein-Zigaretten und zählte das Kleingeld nach. Länger konnte er der seltsamen Erscheinung nicht nachsinnen, da gleich drei Kunden hereinkamen. Bis zum Geschäftsschluss um vierzehn Uhr war er vollauf beschäftigt. Er sperrte die Ladentür ab, nahm das Kuvert aus der Ablage, kramte seine Lesebrille aus der Schublade, setzte sich im Hinterzimmer auf den gepolsterten Stuhl, öffnete den Umschlag und begann zu lesen.

In dicken Strichen, über die Seitenbreite verteilt, stand in Großbuchstaben:
C O N F E S S I O N
Geständnis

Darunter befand sich folgende Notiz: Im Auftrag des Verfassers aus dem Amerikanischen übersetzt von Alice McQuire, New York, dahinter eine unleserliche Unterschrift.

„Beim diesjährigen Treffen der Veteranen im März 1992, wie immer in der NoMad Bar, wurde mir bekannt, dass die sterblichen Überreste von Mike Brown in das Grab seines Großvaters Dr. Jakob Frank auf dem Washington Cemetery Brooklyn verbracht wurden. Ich nahm mir vor, sein Grab zu besuchen, um in Frieden von ihm Abschied zu nehmen. Meine Gefühle während dieses Besuches bewahre ich für mich. In seiner Nähe entschloss ich mich, endgültig reinen Tisch zu machen. Die schlimmste Schuld, die seit dem 4. Juli 1954 auf mir lastet, will ich durch mein Geständnis abtragen. Ich berichte im Einzelnen, was genau geschah und schwöre bei Gott, dass es die reine Wahrheit ist.

Mike war der beste Freund, den man sich wünschen kann. Unsere Studienzeit in NY war der Höhepunkt in meinem Leben. Es war schwierig, unsere gegenseitige Liebe zu verheimlichen. Dass Mike sich dann während unserer Armeezeit in Fürth Hals über Kopf in ein deutsches Mädchen verliebte, war ein Schock für mich. Meine unfreiwillige Drogensucht, die schon in NY begann, wurde zunehmend zum Problem. Ich bat Mike, der in der Sanitätsstation arbeitete, um Hilfe. Aber er lehnte es ab, mir Stoff zu besorgen. So fiel ich in die Hände eines Spionagerings in Fürth, für die ich gegen Drogen Informationen beschaffen sollte. Der Auftrag wurde immer komplizierter. Sie verlangten Dinge, die mit TOP SECRET belegt waren. Schließlich stand ich mit meinem Drogenproblem wieder am Anfang. Niemand wird mir glauben, wie schwer es mir fiel, meinen Freund Mike zu erpressen. Aber so mancher würde seine Mutter verkaufen, um an Drogen zu kommen. Ich hatte ihn wegen seiner Freundin in der Hand. Mein Schweigen über unsere Homosexualität gegen Drogen. Doch Mike hatte auch eine „Waffe". Bei den Übergaben hatte er mich beschattet, die Treffen protokolliert und fotografiert. Wir vereinbarten einen Deal, den wir beide beschworen: Sein Fotomaterial nebst Notizen gegen mein Ehrenwort, über unsere Beziehung zu schweigen. Unsere Trennung war aber damit besiegelt.

Mike versprach, mir seine „Waffe" erst am Sonntag zu übergeben, weil er sie nicht in seinem Spint habe. Am späteren Nachmittag sah ich durch das Fenster, wie er die Area verließ. Ich weiß nicht mehr warum, aber ich folgte ihm so, dass er mich nicht sehen konnte. Er schlug eine Richtung ein, die ihn zu Anni zu führen schien. „Er wird doch nicht so dumm sein, ihr das Material anvertraut zu haben?", durchfuhr es mich. Er verschwand in das Haus, in dem sie eine Wohnung hatte. Doch nach zwei Minuten erschien er wieder, ihr Fahrrad neben sich. Die Straßen waren wie leergefegt, weil an diesem Sonntag das Match um die Soccer-Weltmeisterschaft stattfand. Zunächst konnte ich ihm rennend folgen, doch der Abstand vergrößerte sich zunehmend.

Ich dachte schon aufzugeben, doch dann stieg er ab. Der Vorderreifen hatte offensichtlich nicht genug Luft, denn er hantierte mit der Luftpumpe. Da erblickte ich in der Nürnberger Straße einen parkenden Cadillac. Die rechte Seitentür ließ sich öffnen. Spontan, ohne weiter zu überlegen, rutschte ich auf die Fahrerseite und versuchte den Motor kurzzuschließen. Mike setzte seine Fahrt inzwischen fort. Nach wenigen Versuchen gelang es, den Motor zu starten.

Mike schien sich auszukennen. Er strampelte wie verrückt die ewig lange Straße entlang. Ich vermutete, schon Nürnberg erreicht zu haben. Die Straßen waren fast noch menschenleerer als in Fürth. Am Bahnhof bog er rechts ab. Ich ließ ihn im Tunnel verschwinden. Dann sah ich, wie er in geringer Entfernung abstieg, das Fahrrad fallen ließ und verschwand. Ich wartete einige Augenblicke, dann fuhr ich zögernd näher. Als ich auf dem Schild „Toto-Lotto Morlock" las, ging mir ein Licht auf. Ich stoppte den Motor, stieg aus dem Wagen, blickte in beide Richtungen, ohne jemanden zu sehen und näherte mich der leicht offenstehenden seitlichen Tür. Ich schlich mich heran, versuchte einen Blick in das Innere zu werfen, konnte Mike jedoch nicht sehen, weshalb ich die Tür weiter öffnete.

Im vorderen Ladenbereich schob er gerade verschiedene Sachen unruhig beiseite. Da entdeckte er mich und starrte mir entgeistert entgegen. „Was machst du hier?", herrschte ich ihn an. „Die Tür. Sie war schon offen. Jemand muss vor mir hier gewesen sein. Ich kann das verdammte Kuvert nicht finden, es muss aber hier sein. Max hat es versprochen." Er zog alle Schubladen auf, blickte in alle Regale. „Es ist nicht mehr hier!", rief er verzweifelt: „Du lügst. Ich glaube dir kein Wort." „Was glaubst du, was ich sonst hier vorhabe?" „Dann such weiter! Schau in der Kasse nach!", herrschte ich ihn an. Die Kasse ließ sich öffnen, Mike hob den Kasten mit den Geldstücken hoch, doch das Gesuchte war nicht zu entdecken. „Wir müssen abbrechen", flüsterte er. „Kommt nicht in Frage, mach weiter!"

Wie in Trance hatte ich meinen Dienst-Revolver gezogen, um ihn zu bedrohen. „Spinnst du? Steck das Ding weg!" Mit diesen Worten kam er auf mich zu, um mir die Waffe zu entreißen. Da drückte ich, ohne es zu wollen, instinktiv ab. Der Schuss traf ihn mitten in die Stirn. Lautlos brach er, nach hinten stürzend, zusammen. Ich war fassungslos und glaubte wahnsinnig zu werden. Was hatte ich getan? Ich steckte die Waffe weg, fasste den Leblosen unter die Arme und zog ihn bis zur Tür. In Panik stürzte ich zum Wagen und riss den Kofferraum auf. Nachdem ich mich vergewissert hatte, dass weiterhin niemand auf der Straße war, schleppte ich Mike bis zum Wagen und hievte ihn in das Heck. Das Kurzschließen gelang sofort. Ich wendete und wollte zurück, bog aber zu früh ab und fuhr nochmals am Lottoladen vorbei. Unterwegs sah ich jubelnde Menschen. Der Kontrast zwischen meiner Panik und ihrem Jubel konnte nicht größer sein.

Wie bewusstlos steuerte ich den Wagen Richtung Fürth. Ich versuchte meine zitternden Hände zu beruhigen, indem ich das Lenkrad fest umklammerte. Was sollte ich mit Mikes totem Körper machen? Den Wagen mit der Leiche irgendwo abstellen? Vor Panik konnte ich keinen klaren Gedanken fassen. So fuhr ich auf der Hauptstraße immer weiter, bis ich das Schild „Würzburg 85 km" am Straßenrand sah. Ich fühlte mich wie auf der Flucht. Auf einer Anhöhe nach dem Stadtzentrum bog ich unwillkürlich ab. Weit und breit war niemand zu sehen.

Zuerst wollte ich den Wagen hier zurücklassen, dann zerrte ich den toten Körper aus dem Kofferraum und zog ihn durch das niedrige Gebüsch. Ich geriet ins Taumeln, weil ich rückwärts schleppend eine tiefe Mulde nicht gesehen hatte. Es schien ein Bombentrichter zu sein. Ich zerrte die Leiche ganz nach unten. Wie ein kaltblütiger Mörder durchsuchte ich Mikes Jacke nach verdächtigen Objekten. Nur ein Hausschlüssel und Annis Bild war zu finden. Dann warf ich wie irrsinnig Erde auf ihn. Erde und noch mehr Erde, bis meine Hände schmerzten. Am nassen Laub streifte ich sie ab, dann schloss ich das Heck, setzte das Foto in Brand und stieg in den Wagen. Während der Fahrt warf ich den Schlüssel aus dem Fenster. Nach ein paar Straßen ließ ich den Schlitten stehen. Jetzt erst griff ich nach einer Zigarette. Das anhaltende Zittern der Hand verhinderte fast das Anzünden. Langsam setzte ich mich in Bewegung Richtung Kaserne. In einer Pfütze wusch ich Hände und Schuhe.

Was ich tat, ist unentschuldbar. Ich wollte Mike nicht töten.

Ich werde mein Geständnis am gleichen Tag der Tat, 4. Juli, dort übergeben, wo sie geschah. Dies mag sentimental erscheinen, aber es entspricht meinem innersten Bedürfnis. Um als Ehrenmann endlich inneren Frieden zu finden, will ich mich vor einem deutschen Gericht verantworten. Meine Verteidigung soll der international bekannte Rechtsanwalt Wolf Rossi aus München übernehmen.

New York im Mai 1993."

Max war wie erschlagen. Kopfschüttelnd setzte er seine Brille ab, faltete die beiden Blätter sorgfältig zusammen und steckte sie zurück in den Umschlag. Auf der Rückseite entzifferte er ohne Brille eine Adresse „Bavarian American Hotel". Er kannte die wechselvolle Geschichte des Hotels in der Bahnhofstraße: Erst hatten die Nazigrößen dort logiert, dann deren Richter, anschließend war es zur bevorzugten Unterkunft für Mitglieder der US-Army geworden. Und jetzt wohnte dort ein ehemaliger GI, der seinen Freund getötet hatte!

Max Morlock konnte nicht glauben, dass dies in seinem Laden geschehen war. Aufgeregt stand er auf und schlurfte unentschlossen auf und ab. Er sah Mike Frank ganz lebendig vor sich, wie er ihm das Kuvert aushändigte. „Sie finden hier einen guten Platz, wo sicher niemand danach sucht", hatte er lächelnd gesagt. Dann schoss es Max blitzartig durch den Kopf: „Wenn Mike es nicht selbst entwendet hat, wer denn dann?" Er konnte sich jedoch keinen Reim darauf machen, solange er auch grübelte.

Dann zog er nochmals die beiden Blätter heraus, entfaltete nur das untere, schob die Brille auf die Nase und studierte die letzten Zeilen. „Heute ist tatsächlich der 4. Juli", stellte er fest. „Und hier ist Mike umgekommen." Er starrte fassungslos auf die Stelle, wo Mike vermutlich zusammengebrochen war. In seiner Phantasie sah er ihn liegen, auch Roberts entsetztes Gesicht nach dem Schuss. Er strich mit der Hand über die angespannte Stirn, um das Bild dieses Albtraums zu verjagen. Dann vergegenwärtigte er sich die seltsame Erscheinung der dunklen Gestalt, die sich als Robert vorgestellt hatte.

Irgendwie erfüllte es ihn in absurder Weise mit gewissem Stolz, dass Robert ihm persönlich das Geständnis überbracht, ja sogar anvertraut hatte. „Die Dinge wiederholen sich", dachte er. „Zuerst gibt mir Mike seinen Umschlag und nun auch Robert den seinen – wie ein Vermächtnis", setzte er dann in Gedanken noch hinzu. „Ohne Worte hat er mich beauftragt, die Dinge ans Licht zu bringen und meinen Beitrag zur Aufklärung des furchtbaren Geschehens zu leisten. Weil es sich in meinem Laden ereignete, fühle ich mich dazu besonders berufen." Mit dieser Überlegung griff er nach dem Hörer, wählte die Nummer 110 und gab damit den Anstoß zur Wiederaufnahme der Ermittlungen.

Schon nach drei Tagen war das Geständnis auf dem Schreibtisch des Sonderermittlers Gruber im Landeskriminalamt. In Verbindung mit dem Fund auf der Fürther Hardhöhe ergab sich für ihn ein unzweifelhafter Befund: Mike Frank war am 4. Juli 1954 im Lottoladen Max Morlocks in der Pillenreuther Straße 23 durch einen Schuss mit dem Dienstrevolver von Robert Brown getötet worden.

Die Experten des kriminaltechnischen Dienstes seines Hauses hatten ausgemacht, dass der Schuss aus einer Entfernung von eineinhalb Metern abgegeben wurde und der Täter um rund zwanzig Zentimeter kleiner war als sein Opfer. Dessen Größe wurde aus den gefundenen Skelettstücken mit etwa einem Meter und zweiundneunzig errechnet. Die rein rechnerisch ermittelte Körpergröße des GI Robert Brown – ein Meter und zweiundsiebzig – stimmte mit den Angaben überein, die Gruber im Amtshilfeverfahren vom Kommandeur der Darby Barracks erhalten hatte. Die juristische Prüfung, ob und wie der Täter sich durch den tödlichen Schuss strafbar gemacht hatte – fahrlässige Tötung, Totschlag oder Mord – oblag der Staatsanwaltschaft Nürnberg-Fürth.

20. Das Urteil des Schwurgerichts

Staatsanwalt Dr. Hirschfelder wurde die Akte schon am nächsten Tag vorgelegt. „Ein ganz ungewöhnlicher Fall, der ungewöhnlich rasche Bearbeitung verlangt", sagte er sich, räumte alle anderen Akten beiseite, griff zu seinem Diktiergerät und begann, die Anklageschrift zu diktieren: „An das Landgericht Nürnberg-Fürth, Schwurgerichtskammer – Adresse und Kopf wie üblich – Der am 11. Juli 1933 in New York geborene amerikanische Staatsbürger Robert Brown wird angeklagt, am 4. Juli 1954 in Nürnberg, Pillenreuther Straße 23 einen Menschen aus niedrigen Beweggründen getötet und damit ein Verbrechen des Mordes nach § 211 StGB begangen zu haben."

Routiniert benannte er anschließend die Beweismittel, die sich aus der Akte ergaben: Zeugen, Protokolle der Polizei, der Spurensicherung, des Landeskriminalamts und als für ihn entscheidendes Dokument das Geständnis des Angeschuldigten. Im „wesentlichen Ergebnis der Ermittlungen", dem letzten und wichtigsten Teil der Anklageschrift, spielte die Glaubhaftigkeit des geschilderten Geschehens die zentrale Rolle.

Obwohl er gewohnt war, sozusagen aus dem Kopf zu diktieren, hatte er die betreffende Passage zunächst handschriftlich formuliert und mehrfach geändert. Nun diktierte er die Fassung, die er für überzeugend hielt: „Der Angeschuldigte behauptet, den Schuss ‚wie in Trance' abgegeben zu haben, ‚instinktiv' und ohne Tötungsvorsatz. Diese Behauptung ist völlig unglaubhaft. Seine Motivationslage lässt in der inneren Logik des gesamten Geschehens vielmehr nur den einen Schluss zu: Es war Rache, die ihn trieb, Mike Frank zu töten." Alles Weitere diktierte er ohne schriftliche Vorlage und seinem Temperament entsprechen impulsiv.

„Der Angeschuldigte wollte sich an seinem ehemaligen Freund, mit dem er eine homosexuelle Liebesbeziehung gelebt hatte, für die tiefgreifende Kränkung rächen, mit einer Frau betrogen und zu deren Gunsten verlassen worden zu sein. Er hatte den Revolver nur zu dem Zweck mitgenommen, seine aus Eifersucht entstandenen Rachegelüste durch vorsätzliche Tötung des zum Feind gewordenen untreuen Freundes zu befriedigen. Da die Eifersucht darauf beruhte, dem ehemals schwulen Freund keine neue sexuelle Orientierung zu vergönnen, ist das Mordmerkmal eines niedrigen Beweggrundes erfüllt."

Nach Ausführungen zur Verstärkung der Feindschaft durch Sammlung belastenden Spionage-Materials kam wieder ein Diktat nach Schema F: „Es wird beantragt, das Hauptverfahren vor dem Landgericht Nürnberg-Fürth – Schwurgerichtskammer – zu eröffnen. Unterschrift." Die Anklageschrift erhielt einen roten Aktendeckel und sollte am nächsten Tag in das der Staatsanwaltschaft benachbarte Gebäude in der Fürther Straße transportiert werden: in jenen Justizpalast, der 1916 im Stil fränkischer Neo-Renaissance errichtet und durch die „Nürnberger Prozesse" gegen die Hauptkriegsverbrecher der nationalsozialistischen Gewaltherrschaft weltweit bekannt geworden war.

„Warum heißen die für Mord und Totschlag zuständigen Großen Strafkammern der Landgerichte Schwurgerichte, obwohl die beiden Laienrichter, die ihr neben drei Berufsrichtern angehören, keine Geschworenen sind?" Diese Frage stellte Carl-Gustav Bittner, der Vorsitzende Richter der Schwurgerichtskammer, jedem Rechtsreferendar, der ihm zur Ausbildung zugeteilt wurde, in der ersten Besprechungsstunde.

Roland Greißelmayer, der vor seiner Referendarzeit wissenschaftliche Hilfskraft an einem Lehrstuhl für Strafrecht und Rechtsgeschichte gewesen war, antwortete: „Bis 1924 waren für Tötungsdelikte auch in Deutschland – wie in Amerika –

zwölf Geschworene zuständig. Die beiden Laienrichter, die Sie erwähnt haben, sind dagegen als Schöffen ehrenamtliche Richter mit demselben Stimmrecht wie Berufsrichter. Die Bezeichnung Schwurgericht ist also nur aus der Bedeutung in der Vergangenheit verständlich."

Als Bittner zu einem Lob der rechtshistorischen Bildung des Referendars ansetzen wollte, schob ein Justizwachtmeister einen Stapel roter Akten auf einem Aktenhund herein. „Staatsanwalt Dr. Hirschfelder lässt grüßen. Er hielte eine bevorzugte Bearbeitung der obersten Akte für tunlich." „Herr Greißelmayer, schnappen Sie sich die Akte, setzen Sie sich damit in die Bibliothek des Oberlandesgerichts im dritten Stock und erstatten Sie mir heute Nachmittag um 17 Uhr Bericht." Der Referendar hatte also vier Stunden Zeit, sich ein Urteil zu bilden. Da der Aktenordner ungewöhnlich dünn war, hatte er keine Sorge, überfordert zu sein.

Pünktlich um 17 Uhr klopfte Greißelmayer an die Tür zu Bittners Dienstzimmer. „Herein! Ich bin gespannt, ob sich mein erster Eindruck Ihrer juristischen Kompetenz bestätigt." Der Bericht, den Bittner aufmerksam und mit wachsender Zustimmung entgegennahm, dauerte gut zehn Minuten. Sein Ergebnis lautete: „Die staatsanwaltschaftliche Würdigung des Tötungsdelikts als Mord ist weder tatsächlich noch rechtlich haltbar." „Ich werde die Akte heute Abend studieren und erwarte Sie morgen um 10 Uhr wieder hier. Beschäftigen Sie sich bis dahin einmal mit der Verjährung von Straftaten."

Bereits um 8 Uhr am nächsten Morgen verfügte Bittner die Zustellung der Anklageschrift an den Angeklagten (c/o Bavarian American Hotel) sowie die Beiordnung des Rechtsanwalts Wolf Rossi (an ihn zuzustellen unter seiner Kanzleiadresse in München). Dann diktierte er folgenden Beschluss: „In der Strafsache Robert Brown wird das Hauptverfahren eröffnet. Die Anklage wird zur Hauptverhandlung zugelassen. Termin zur Hauptverhandlung wird bestimmt auf Freitag, den 24. September 1992, 9:00 Uhr im Sitzungssaal 600 des Gerichtsgebäudes in der Fürther Straße 110 in Nürnberg."

Die erste Frage, die der Vorsitzende Richter um 10 Uhr seinem pünktlichen Referendar stellte, lautete: „Welche Delikte sind im Fall Brown verjährt?" Greißelmayer war gut vorbereitet: „Fahrlässige Tötung und Totschlag". „Wie sind die Verjährungsfristen?" „Eine fahrlässige Tötung verjährt in fünf Jahren, ein Totschlag in zwanzig Jahren."

„Was ist mit Mord?" „Mord verjährt nicht". „Seit wann?" „Seit Mitte des Jahres 1979. Damals beschloss der Bundestag nach langer Debatte und intensiver öffentlicher Diskussion, vor allem im Hinblick auf die drohende Verjährung von Naziverbrechen, die Verjährung von Mord abzuschaffen. Ursprünglich hatte sie zwanzig Jahre betragen."

„Korrekt. Worauf wird es in der Hauptverhandlung demnach einzig und allein ankommen?" „Auf die Frage, ob die Tötung des Opfers vorsätzlich erfolgt ist und das Mordmerkmal eines niedrigen Beweggrundes erfüllt hat. Andere Mordmerkmale wie Heimtücke oder Grausamkeit kommen nicht in Betracht." „Einverstanden. Wie würden Sie als Strafverteidiger plädieren?"

„Der Schuss ist nicht mit Tötungsvorsatz abgegeben worden. Schon deshalb scheidet Mord aus. Hilfsweise würde ich den niedrigen Beweggrund bestreiten. Eifersucht als solche genügt nach der BGH-Rechtsprechung nicht." „Einer der besten Referendare, die mir je zugeteilt waren", dachte Bittner bei sich – ohne eine Miene zu verziehen. Der junge Mann war selbstbewusst genug und sollte nicht zu sehr gelobt werden.

In Rossis Anwaltskanzlei in München hatte die Chefsekretärin für den 17. September um 11 Uhr einen Ortstermin in der Pillenreuther Straße 23 in Nürnberg vereinbart. Wolf Rossi und Robert Brown empfanden es als gutes Omen, dass beide pünktlich und einander auf den ersten Blick sympathisch waren. Der Händedruck vor Morlocks Lottoladen bekräftigte, was Rossi seinen Mandanten vor jeder Verteidigung sagte: „Wir werden gewinnen!" Dem Ladeninhaber dankte er „für den Anstoß, der die zweite Halbzeit der Ermittlungen erst ermöglicht" habe. „Herr Morlock, wir sind fast derselbe Jahrgang. Ihren Einsatz für den Club und für die Nationalmannschaft habe ich stets bewundert. Mein Einsatz galt und gilt immer meinen Mandanten."

Die Rekonstruktion dessen, was am 4. Juli 1954 geschehen war, dauerte durch die vielen Fragen, die Rossi stellte, über eine halbe Stunde. Danach hatte der erfahrene Anwalt nicht den geringsten Zweifel daran, dass das rekonstruierte Geschehen den tragischen Tatsachen entsprach. Er klopfte Robert Brown auf die Schulter: „Wir sehen uns in einer Woche. Überlassen Sie mir das Reden, äußern Sie sich nicht zur Sache und bereiten Sie sich gut auf Ihr letztes Wort vor!"

Am 24. September war im Sitzungssaal 600 schon eine halbe Stunde vor Verhandlungsbeginn kein Platz mehr frei. Das Medieninteresse war so stark, dass für die Öffentlichkeit nur etwa die Hälfte der sonst verfügbaren Sitzplätze zur Verfügung stand. Besondere Aufmerksamkeit hatte die Berichterstattung in Presse, Rundfunk und Fernsehen dem Umstand gewidmet, dass der Verhandlungssaal jener Raum war, in dem zwölf Angeklagte des Nürnberger Hauptkriegsverbrecherprozesses am 1. Oktober 1946 wegen „crime against humanity" zum Tode verurteilt worden waren.

Dieser Begriff erinnerte Robert Brown an einen Wutausbruch seines Freundes Mike Frank während ihrer politisch-philosophischen Diskurse. Die Erinnerung daran war emotional überwältigend: „Die Übersetzung ‚Verbrechen gegen die Menschlichkeit' ist eine skandalöse Verharmlosung. Die Massenmorde der nationalsozialistischen Unmenschen waren ein ‚Verbrechen gegen die Menschheit'!" Durch die Erzählungen über Mikes Großvater während des Militärdienstes in Fürth konnte er die Ursache der Wut sehr konkret nachempfinden. Nun stand er selbst in jenem deutschen Gerichtssaal, in dem die Urteile über diese Verbrechen „against humanity" gesprochen worden waren – aufgrund eines Filmmaterials, dessen grauenhafte Bilder unerträglich waren und bleiben werden. Roberts Augen wurden feucht; Mikes damalige Tränen der Wut lösten bei ihm jetzt Tränen der Wehmut aus.

Bittner rief die Sache um 9:15 Uhr auf, stellte die Anwesenheit der Geladenen fest und vernahm den Angeklagten zur Person. Die Verlesung der Anklageschrift durch Dr. Hirschfelder sorgte für Unruhe im Saal, weil er „homosexuelle Liebesbeziehung" nicht mit normaler, sondern mit künstlich erhobener Stimme und einer manierierten Handbewegung vortrug – was Rossi zu dem Zwischenruf veranlasste: „Herr Staatsanwalt, was Sie von Homosexualität halten, ist für das vorliegende Verfahren irrelevant!" Bittner nickte und fügte hinzu: „Unterlassen Sie diskriminierende Bemerkungen und Gesten."

Hörbar verärgert setzte Dr. Hirschfelder die Verlesung fort. „Der Angeklagte hatte die Absicht, mit dem Einsatz seines Dienst-Revolvers erst die Herausgabe der belastenden Materialien über seine Spionagetätigkeit zu erzwingen und danach den untreuen Freund, der auch als Sammler des betreffenden Materials zum Feind geworden war, zu töten und seine Leiche zu beseitigen."

Nach dem Antrag der Staatsanwaltschaft, den Angeklagten wegen Mordes zu lebenslanger Freiheitsstrafe zu verurteilen, erklärte Rossi für seinen Mandaten den Verzicht auf eine Äußerung zur Sache und für sich zunächst die Zurückstellung von Beweisanträgen. Der Zeugenvernehmung folgte die Verlesung der Polizeiprotokolle und des Geständnisses. Danach bat Bittner um das Plädoyer des Verteidigers. Rossi konzentrierte sich auf eine ins Detail gehende Widerlegung der Anklageschrift, die an den missglückten Auftritt Hirschfelders anknüpfen konnte: „Der Herr Staatsanwalt hat nur einen Grund, meinem Mandanten einen Mord zu unterstellen: seine eigene Homophobie. Nichts von den Spekulationen, die er zum Motiv Eifersucht vorgetragen hat, ist bewiesen. Ich bestreite dies alles ausdrücklich.“

„Die glaubhafte Aussage im Geständnis des Angeklagten lautet: ‚Ich wollte Mike nicht töten‘. Da ein Tötungsvorsatz durch nichts bewiesen ist, käme allenfalls eine fahrlässige Tötung in Betracht. Die fünfjährige Verjährungsfrist war aber schon 1959 abgelaufen. Sollte die Kammer eine Verurteilung wegen Mordes in Betracht ziehen, beantrage ich hiermit hilfsweise die Einholung eines psychiatrischen Gutachtens zur Feststellung der Schuldunfähigkeit wegen einer tiefgreifenden Bewusstseinsstörung. Mein Mandant stand zum Zeitpunkt des versehentlich abgegebenen Schusses unter einer außergewöhnlich starken emotionalen Anspannung, die sein durch Drogen vorgeschädigtes neuronales System nicht verkraftete.“

Nach einem verhaltenen „Danke, Herr Verteidiger“ bat Bittner mit deutlich erhöhter Lautstärke um Ruhe im Saal „für den rechtsstaatlich unverzichtbaren Schlussakt der Verhandlung“ und erklärte mit ernster Miene: „Bevor das Gericht sich zur Beratung zurückzieht, hat der Angeklagte das letzte Wort.“

Robert Brown hatte die diskriminierende Bemerkung des Staatsanwalts zunächst als verletzend empfunden, inzwischen aber sein inneres Gleichgewicht wiedergefunden. Die intensive Vorbereitung auf das Schlusswort, die Rossi ihm geraten hatte, stärkte ihm jetzt den Rücken und schärfte seine Sinne. In einer so noch nicht erlebten Weise war er entspannt und angespannt zugleich. Wie in einem Film liefen die Bilder der Erinnerung vor seinem geistigen oder besser seelischen Auge ab.

Er brauchte sie nur in Worte zu fassen: „Mit nur einer Person in meinem Leben habe ich erfahren, dass der Mensch kein isoliertes Individuum ist, sondern ein Gemeinschaftswesen. In der Freundschaft mit Mike durfte ich erleben, was gemeinsame Bildungsinteressen bedeuten, wie man in einem Dialog über historische oder philosophische Fragen zur Wahrheit vordringt, wie man sich im Deutschen spielerisch miteinander verständigen, ironisch auf den Arm nehmen oder ehrlich seine Liebe erklären kann. Ich liebe Mike noch immer und würde alles versuchen, den schrecklichen Sonntag des 4. Juli 1954 ungeschehen zu machen. Ich kann nicht erklären, warum ich geschossen habe. Ich schwöre aber, dass ich es nicht wollte." Die Stille im Saal konnte nur als Zeichen verstanden werden, dass man ihm glaubte.

Die Beratungspause dauerte nur fünfzehn Minuten. Nachdem die drei Berufsrichter und die beiden Schöffen ihre Plätze im Stehen eingenommen hatten, wartete Bittner, bis sich alle Anwesenden im Saal erhoben hatten. „Im Namen des Volkes ergeht folgendes Urteil: Der Angeklagte wird freigesprochen. Die Kosten des Verfahrens trägt die Staatskasse." Nach längerem Raunen im Raum begründete der Vorsitzende den Freispruch erstens mit dem schriftlichen Geständnis der Tat, ohne das es zu keiner Anklage gekommen wäre und zweitens mit dem Schlusswort des Angeklagten, das jeden vernünftigen Zweifel an der Glaubwürdigkeit seiner Person im Hinblick auf den geschilderten Tathergang ausgeräumt habe. Auf der Richterbank war dies nicht anders empfunden worden als auf den Stühlen im Saal.

Offensichtlich hatte das Schlusswort seine Wirkung sogar auf Staatsanwalt Dr. Hirschfelder nicht verfehlt. Er notierte sich, den Verzicht auf Revision mit dem Leitenden Oberstaatsanwalt seiner Behörde zu besprechen. Robert Brown verließ den Saal im Blitzlichtgewitter der Pressefotografen. Es war ein gemischtes Gefühl, das ihn nach draußen begleitete: Er war schuld am Tod seines geliebten Freundes – aber das Urteil des Schwurgerichts ließ ihn diese Schuld leichter tragen: „Ich bin kein Mörder!"